L'OLYMPE DES INFORTUNES

DU MÊME AUTEUR

Aux Éditions Julliard

Les Agneaux du Seigneur, 1998 (Pocket, 1999)
À quoi rêvent les loups, 1999 (Pocket, 2000)
L'Écrivain, 2001 (Pocket, 2003)
L'Imposture des mots, 2002 (Pocket, 2004)
Les Hirondelles de Kaboul, 2002 (Pocket, 2004)
La Part du mort, 2004
Cousine K., 2003 (Pocket, 2005)
L'Attentat, 2005 (Pocket, 2006)
Les Sirènes de Bagdad, 2006 (Pocket, 2007)
Ce que le jour doit à la nuit, 2008 (Pocket, 2009)

Chez Folio

La Part du mort
Morituri
Double Blanc
L'Automne des chimères

Chez Après La Lune

La Rose de Blida

YASMINA KHADRA

L'OLYMPE
DES INFORTUNES

Julliard
24, avenue Marceau
75008 Paris

© Éditions Julliard, Paris, 2010
ISBN 978-2-260-01822-3

Au regretté Pierre-André Boutang

I

*Si tu veux t'acheminer
Vers la paix définitive
Souris au destin qui te frappe
Et ne frappe personne.*

Omar Khayyam

1.

— Regarde pas !

Junior sursaute en pivotant sur ses talons.

Ach le Borgne se tient derrière lui, debout sur un amas de détritus, les poings sur les hanches, outré. Sa grosse barbe s'effrange dans le souffle de la brise.

Junior baisse la tête à la manière d'un galopin pris en faute. D'un doigt désemparé, il se gratte le sommet du crâne.

— J'sais pas comment j'ai échoué par ici.

— Ah ! oui...

— C'est la vérité, Ach. J'étais en train de me faire du souci en marchant et j'sais pas comment j'ai échoué par ici.

— Menteur ! frémit Ach de la tête aux pieds. Tu n'es qu'un fieffé menteur, Junior. Tu mettrais ta langue dans de l'eau bénite qu'elle sentirait le caniveau.

— Je t'assure...

— T'as rien à dire. Quand on est fait comme un rat, on n'essaye pas de se débiner. C'est une question de dignité.

Lorsque Ach est hors de lui, la taie sur son œil abîmé semble se confondre totalement avec le blanc qui la cerne, faisant surgir davantage son œil sain.

— Avoue que tu peux pas te lasser de mater les automobiles.

— C'est pas vrai, gémit Junior. Je te dis que j'avais la tête dans les soucis.

— À d'autres. Je te connais mieux que ma poche... Qu'est-ce que tu leur trouves d'intéressant à ces tacots forcenés qui courent dans tous les sens ? À force de tourner la tête à droite et à gauche, tu vas te forcer les os du cou et, après, faudra te mettre des cales de chaque côté de la figure pour que tu puisses regarder droit devant toi.

— J'suis pas une girouette, marmonne Junior.

— Qu'est-ce que tu *gneugneutes* ?

— Rien...

— Si, t'as dit quelque chose.

Junior juge prudent de ne pas insister. C'est un petit bonhomme asséché, avec une trogne de Pierrot crayeuse que des poils follets grignotent sur le bout du menton, et des épaules si étroites que les bras disparaissent presque contre les flancs. Ses yeux brouillés ont du mal à refléter ce qu'il a derrière la tête et semblent effleurer le monde sans vraiment s'attarder dessus. Il doit avoir moins d'une trentaine d'années, malgré un corps d'adolescent et une cervelle d'oiseau.

Il descend du vieil appontement en exagérant les précautions qu'il doit déployer pour ne pas se casser la figure, histoire d'attendrir le Borgne puis, une fois sur la terre ferme, et afin d'éviter le regard furibond qui s'apprête à le dévorer cru, il feint de rajuster les boutons intercalés de sa chemise.

Ach enfonce fortement ses poings dans le creux de ses hanches. Il est excédé, en même temps il ne peut s'empêcher d'être indulgent. Quand bien même il essaye d'afficher une attitude désapprobatrice, la mine contrite de Junior le touche au plus profond de son être, et la fermeté qu'il souhaitait imposer se met aussitôt à s'effilocher.

Après un soupir, il dit en écartant les bras :

— Combien de fois je dois te répéter que cet endroit est maudit ?

— Puisque je te dis que j'ai pas fait exprès...

— Je suis pas obligé de te croire sur parole... Méfie-toi, Junior. Te laisse pas aller à ce petit jeu. On te préviendra jamais assez. Au début, on croit se divertir puis, un soir, on se surprend à suivre les tacots jusqu'en ville et, le temps de se ressaisir, c'est trop tard... Est-ce que tu aimerais finir ta vie en ville, Junior ?

Junior secoue énergiquement la tête, les sourcils aussi pesants que les lèvres.

Ach insiste, le bras tendu avec dédain vers la ville :

— Est-ce que tu aimerais finir ta vie *là-bas* ?

— Jamais je n'irai dans une ville, répond Junior en continuant de faire non de la tête. J'suis pas fou.

— Alors, reviens par ici, idiot.

Junior se met au garde-à-vous et revient.

— Surtout, ne te retourne pas, lui recommande Ach en agitant le doigt. Le bon Dieu a mis en garde Loth : « J'vais foutre en l'air Sodome. Prends ta smala et taille-toi illico presto. Lorsque tu m'entendras bousiller la baraque, te retourne surtout pas. » Loth a rassemblé sa tribu et lui a expressément intimé de pas se retourner quand elle entendra le bon Dieu foutre en l'air Sodome. Mais la femme à Loth, elle, elle s'est retournée... Et tu sais ce qu'il lui est arrivé, à Mme Loth ?

— Tu m'as déjà raconté.

— Tu as peut-être pas retenu la prophétie.

— J'ai pas oublié.

— Dis voir ce qu'il lui est arrivé, à Mme Loth ?

Junior se met à se triturer les doigts. Ses épaules s'affaissent. Il dit d'une petite voix :

— Elle s'est transformée en statue de sel.

— Est-ce que tu aimerais devenir une statue, Junior ?

— Ce serait pas dynamique.

— Alors, ramène ta carcasse par ici et fais attention à ne pas regarder derrière toi. La ville, Junior, c'est un sortilège. Quand on lui claque la porte au nez, c'est pour de bon.

Junior rejoint le Borgne en trébuchant sur les ordures du dépotoir. Il n'est pas content d'avoir été surpris de l'autre côté du terrain vague et il subit cela comme un cas de conscience.

Ach le saisit par le coude et le bouscule devant lui.

— Le bon Dieu m'avait prévenu, moi aussi : « Prends tes cliques et tes claques, Ach, et barre-toi. La ville, c'est pas un endroit pour toi. Va-t'en et ne te retourne pas. » J'étais resté des heures entières sur la route, à faire du stop. Je crevais d'envie de jeter un coup d'œil par-dessus mon épaule, mais j'ai tenu bon. Puis, un camion s'est arrêté. J'ai sauté dans la cabine. J'ai pensé, à cet instant, pouvoir faire le malin et regarder une dernière fois la ville dans le rétroviseur. Mais le bon Dieu, il se contente pas de donner des ordres, il veille au grain aussi : paf ! le rétroviseur me pète à la figure. C'est comme ça que j'ai perdu mon œil.

Junior est passablement irrité.

Il dodeline de la tête et grogne :

— Il a raté sa vocation.
— Qui ça ?
— Ben, le bon Dieu.

Ach s'arrête, les bras croisés sur sa poitrine d'ours dégrossi. Ses dents en fourche avancent dans une toile de salive.

— Tu sais bien que j'ai horreur du blasphème, Junior.

Junior hausse les épaules et continue de patauger dans les détritus. Ach gonfle les joues et se dépêche de le rattraper. Devant eux, les dunes s'écartèlent sur la Méditerranée et on peut voir l'horizon couvrir sa retraite derrière des rideaux d'embruns. Semblable à une orange blette, le soleil perd de l'altitude tandis que les ombres s'allongent démesurément pour accueillir la nuit.

— T'as le feu au fion ou quoi ? s'énerve Ach.

Junior ralentit puis s'arrête, le menton sur la poitrine, une limace subreptice au bout du nez. Il n'est pas fier de lui, en même temps il s'en veut de ne pas trouver une bonne excuse pour se défendre.

— Voilà pourquoi, des fois, je me dis que le mieux qui me reste à faire est de ne plus t'adresser la parole, Junior, le menace Ach. Tu es trop susceptible. Et quand on est trop susceptible, on refuse de reconnaître ses torts. À la longue, on finit par lasser, et plus personne n'est

L'Olympe des Infortunes

là lorsque les choses tournent mal. Un type qui veut s'en sortir ne doit pas faire la gueule quand on cherche à le remettre à sa place. Faut pas qu'il prenne les consignes pour des interdictions et les remontrances éclairées pour des insultes. Un type qui tient vraiment à s'instruire se doit d'ouvrir grand ses oreilles et de suivre à la lettre les conseils qu'on lui donne. C'est parce que je t'aime que je suis après toi, Junior. Je veux pas qu'il t'arrive malheur.

Junior ploie davantage la nuque, les lèvres exagérément en avant.

Ach rabat le plat de sa main sur son genou.

— Dès que je te fais un reproche, hop ! tu me boudes. Et après, quand je te livre à toi-même, tu trouves que je te délaisse. Je me demande comment je dois me conduire vis-à-vis de toi. Faudrait que je sois fixé là-dessus une fois pour toutes...

Junior s'essuie le nez sur le poignet. Chaque cri de son protecteur l'enfonce d'un pouce dans le remords. Il a honte de mettre en rogne la personne qu'il chérit le plus au monde. Dans sa petite tête de simplet, ce n'est pas seulement la voix du Borgne qui tonitrue ; il lui semble entendre les dieux le tancer.

Il tente une diversion.

— Je te dis que j'ai échoué sur la route par hasard et, toi, tu me grondes comme si j'étais un chenapan. Est-ce que j'suis en train de voler ou d'emmerder mon prochain ? Est-ce que j'ai offensé le Seigneur quelque part ? J'suis juste là, à me dégourdir les jambes et à penser à rien. C'est interdit ?... C'est pas interdit. Alors pourquoi tu agites ton doigt dans ma direction en fronçant les sourcils ?

Il y a une telle misère dans le ton de Junior qu'Ach sent son cœur fondre comme un bloc de glace sous la flamme d'un chalumeau. Sa pomme d'Adam remue douloureusement dans sa gorge lorsqu'il déglutit.

— C'est pour ton bien, Junior, et tu le sais.

Junior continue de bouder pendant une minute. Il a le sentiment de retourner la situation à son avantage et en rajoute un peu. Ses lèvres sont sur le point de lui rouler sur le menton et son regard de guingois lui déforme ridiculement la nuque.

— J'ai pas dit que c'était pas pour mon bien, reconnaît-il enfin. Mais tu pouvais très bien me tirer l'oreille avec gentillesse... J'aime pas te voir en colère, ajoute-t-il, papelard. T'es tellement bon avec moi. Je me sens coupable.

Ach est aussitôt attendri. Il passe son bras autour du cou de son protégé et lui lisse les cheveux avec infiniment de bonté. Junior, qui est petit et maigre, se blottit en entier sous l'aisselle tutélaire et ferme les yeux pour savourer la plénitude de son refuge.

— Galopin ! l'apostrophe affectueusement Ach.
— J'suis pas un galopin, minaude Junior.
— T'es une vraie tête de mule, Junior. Tu sais pourquoi t'es une tête de mule ?
— Parce qu'on est obligé de me bousculer pour me faire avancer.
— Exactement.

Il le repousse un peu pour le fixer droit dans les yeux.

— T'as beaucoup de chance, Junior. Beaucoup, beaucoup de chance d'être parmi nous. Tu peux pas savoir le veinard que t'es. Ailleurs, on t'aurait pas fait de cadeau.
— J'sais.
— Penses-tu !

Ach écarte délicatement son protégé, ensuite, d'un geste grandiloquent, il lui montre la plage, les dunes qui n'en finissent pas de s'encorder, le dépotoir que couvent d'incroyables nuées de volatiles puis, *telle une patrie*, le terrain vague hérissé de carcasses de voitures, de monceaux de gravats et de ferraille tordue.

— C'est ici ton bled, Junior. Ici, tu es chez toi. Tu n'erres pas dans les rues. Tu ne geins pas au fond des portes cochères. Tu ne lapes pas dans la soupe populaire. Et personne ne te montre du doigt comme si tu étais une salissure.

Junior écoute en plissant les yeux. Au fur et à mesure que le Borgne se laisse aller, le sourire de Junior s'étire, s'étire au point de lui fendre la figure.

— Tu n'es pas un SDF, Junior...

Junior fait non de la tête.

— ... Personne ne demande après tes papiers parce que tu n'en as pas. T'en as que foutre, de *leurs* papiers, Junior. T'as de comptes à rendre à personne. T'es un Homme Libre, Junior. T'es un Horr.

Junior inspire à s'exploser les poumons, redresse la nuque et essaye de se donner une contenance.

— Qu'est-ce qu'un Horr, Junior ?

— Un clodo qui se respecte, Ach.

— Il marche comment, un Horr, Junior ?

— Il marche la tête haute, Ach.

— Et toi, comment tu marches, Junior ?

— Je marche la tête haute.

— Parce que tu as choisi de vivre parmi nous. C'est-à-dire : *Ici*... Dans *notre* patrie. Où pas une bannière ne nous cache l'horizon. Où pas un slogan ne nous met au pas. Où pas un couvre-feu ne nous oblige à éteindre le feu de notre bivouac à des heures fixes. D'ailleurs, il n'y a pas d'heures chez nous. Il y a le jour, il y a la nuit, et c'est tout. On se lève quand on veut, on dort quand on en a envie, et on ne permet à personne de nous dicter notre conduite. On est chez nous. Même si on n'a pas de drapeau, ni d'hymne ni de projet de société, on a une patrie bien à nous et elle est *ici*, sous nos yeux, sous nos pieds, aussi vraie qu'on peut se passer du reste... Est-ce qu'on a besoin des Autres, Junior ?

— On n'a besoin de personne, Ach.

— Est-ce qu'on a des créanciers au cul, Junior ?

— Non, Ach, même si j'ignore ce que ça veut dire *crévancé*.

— Nous vivons pour nous-mêmes, et ça nous suffit.

— On se débrouille seuls comme des grands, Ach.

— Et on est où, Junior ?

— On est chez nous.

— On est *ici*... Ici, sur la terre des Horr. Ici, où tout est permis, où rien n'est interdit... Et ici, tu n'es pas roi, tu n'es pas soldat, tu n'es pas valet ; ici, tu es Toi.

— Tu disais, l'autre jour, qu'ici j'étais Dieu le Père.

— J'ai pas menti. Ici, t'es aussi Dieu le Père. Tu fais ce que bon te semble. T'as raison, t'as tort, c'est pas important. Tu fais avec, tu fais sans, c'est pas important, non plus. Tu *existes*, et ça n'a pas de prix.

Junior a maintenant les commissures des lèvres sous le lobe des oreilles. Ses yeux luisent d'une jubilation intense.

— Est-ce que tu vas continuer de m'raconter tout c'que je veux, Ach ?

— Je t'ai refusé ça une seule fois ?

— Tu me parleras des histoires des gens, et des bêtes qui parlent, et des contes qui me font dormir debout ?

— Tout ce que tu voudras, Junior. Je t'ai jamais rien refusé.

— Alors, raconte...

— Tu veux que je te raconte quoi, Junior ?

Junior se met à sautiller sur place et à donner des coups de poing dans le vide, à la manière d'un enfant gâté, certain que s'il venait à demander la lune, on la lui offrirait sur un plateau d'argent.

— Qu'est-ce qui se passe quand la mer est agitée, Ach ?

— Bah...

— S'il te plaît.

— Je t'ai raconté ça cent fois.

— Fais pas le difficile, s'enthousiasme Junior. S'il te plaît, dis-moi c'qui s'passe quand la mer est agitée.

— J'ai laissé mon banjo chez nous.

— C'est pas un empêchement... Ach, Ach, je t'en prie. Ça m'ferait tellement plaisir. Tu dis que tu penses toujours à mon bien-être.

Le Borgne esquisse une grimace contrariée ensuite, devant l'enjouement grandissant de son protégé, il fixe un nuage dans le ciel, se racle la gorge et raconte sur un ton envoûtant :

— Lorsque la mer est agitée, pour les gens de la ville, il fait mauvais temps, pour un Horr, la mer est en fête. Et pendant que les gens de la ville s'enferment chez eux, nous surplombons la falaise et nous assistons aux noces des flots en nous taisant. Parce que, alors que les gens de la ville n'arrivent pas à fermer l'œil à cause du courant d'air, un Horr décèle de la musique dans chaque fracas. C'est ça, notre privilège, Junior, c'est ça notre secret. Nous savons puiser notre bonheur en chaque chose que Dieu fait car nous savons Dieu artiste. Les gens de la ville, eux, ils n'ont pas idée de ce que c'est. Il fait chaud dans leur maison, ils ont pas mal de commodités, mais partout où ils édifient leur empire, leur cœur n'y est pas. Ils estiment que le bonheur est de ruer dans les brancards. Mais, c'est pas vrai. Le bonheur, Junior, est de savoir se taire quand les flots s'amusent. Quand bien même nous ne possédons pas grand-chose, nous mettons du cœur dans notre pauvreté. Toute la différence est là. Ce qui est mauvais temps pour les autres est fête pour nous. C'est une question de mentalité.

— Putain ! s'extasie Junior. Si le Seigneur relevait du scrutin, y a pas de doute, c'est pour toi que je voterais.

2.

Le soleil s'enlise inexorablement dans la mer. Il a beau s'agripper aux nuages, il ne parvient pas à empêcher la dégringolade. On voit bien qu'il déteste se prêter à cet exercice de mise en abîme, mais il n'y peut rien. Toute chose en ce monde a une fin et aucun règne n'échappe à son déclin.

Sur la plage jonchée d'algues putrides, les mouettes s'accordent une pause après avoir traqué les chalutiers regagnant le port.

Du côté du dépotoir, Négus s'offre une parade militaire. Roide sous son casque d'assaut, un sifflet imaginaire au bec, il fait marcher au pas Clovis, un gaillard dégingandé, grand comme une tour, aussi dénué de cervelle qu'une tête d'épingle. À peine plus haut qu'une borne, Négus se tient sur un tas d'ordures, seigneurial et péremptoire, et braille ses ordres que Clovis exécute avec une rare patience.

Plus bas, exactement là où la falaise bute contre la mer, un vent fiévreux fait frissonner la surface des flots tandis que les rochers nains, blancs d'écume, s'escriment vainement à garder la tête hors de l'eau.

En arrière-plan, pareils à des repères mortels, les immeubles de la ville se dressent dans le ciel, drapés de morgue bétonnée.

Maintenant que la nuit se prépare à mettre les êtres et les choses dans un même sac, le chahut du monde bat en retraite devant la rumeur grandissante des vagues.

Encore un jour qui se débine sur la pointe des pieds, songe Bliss debout sur le récif. Et son visage se contracte telle une crampe.

Bliss aime voir le jour se noyer au fond de la mer. Il trouve, dans ce naufrage, une sourde vaticination qu'il ne saurait cerner, mais qui l'atteint au plus profond de son âme. Un jour qui s'en va, c'est un peu, toute proportion gardée, un parent qui disparaît et qu'on regrette de ne pas avoir connu de près. Bliss ignore l'origine de cette tristesse qui le gagne lorsque, chaque soir, il grimpe sur le rocher et, les mains sur les hanches et la chemise gonflée de brise, il regarde, fasciné, les incendies crépusculaires. On dirait qu'il s'attend à voir surgir, au milieu du brasier du couchant, un signe stellaire qu'il serait le seul à pouvoir interpréter – sauf qu'il n'y aura pas de signe, et il le sait très bien. Cependant, il est capable de demeurer des heures durant debout sur son promontoire de fortune, pétrifié dans le claquement de sa chemise, si longtemps que, parfois, on est obligé d'aller le chercher.

Personne ne sait comment Bliss a échoué sur le terrain vague. Un matin, il y a des décennies, on l'a surpris en train de squatter un vieux container rejeté par les tempêtes. Une fois installé, il n'est plus parti nulle part. Il a réussi à se créer un territoire bien à lui où seule une chienne a accès ; un huis clos qui l'enserre avec la voracité d'une camisole et qu'il n'échangerait pas contre un palace.

Un peu à l'écart, le vieux Haroun le Sourd essaye, jour après jour, de déterrer un énorme tronc d'arbre à moitié enseveli sous le sable. Haroun n'est pas atteint de surdité. Bien au contraire, il a l'ouïe si affûtée qu'il percevrait une araignée tisser sa toile. On le surnomme le Sourd parce qu'il *n'écoute pas*. Le torse nu hiver été, Haroun est un Sisyphe valétudinaire aux côtes saillantes sous la fine pellicule cendrée qui lui sert de peau. De prime abord, on le croirait échappé des mains du fossoyeur, cependant lorsqu'il a une idée derrière la tête, un arrache-clou se casserait les dents dessus. Chaque matin, il arrive avec sa pelle, crache dans ses poings et se met à creuser des trous autour de l'arbre pour le dégager. La nuit, avec la montée des eaux, la mer nivelle de nouveau le sable, et, le lendemain, Haroun doit recommencer depuis le début en sachant pertinemment que la prochaine inondation rebouchera encore et encore les trous. Nul, au terrain vague, ne comprend où il veut en venir, sauf que Haroun ne l'entend pas de cette oreille. Il creuse !... Ses mains n'ont presque plus de peau et ses poignets sont en capilotade : il creuse !... On a beau le supplier de laisser tomber, lui dire qu'il va finir par se tuer à la tâche et que ce n'était pas la peine d'insister, il creuse !...

Plus loin, au milieu d'une barrière rocheuse protégeant la plage des reptations envahissantes de la décharge, Ach le Borgne a planté sa canne à pêche. En attendant que le poisson morde à l'hameçon, il entreprend d'accorder son banjo... La canne est rudimentaire – un bout de roseau vermoulu, un crin rafistolé par endroits et, en guise de bouchon, un minuscule canard en plastique que Junior surveille avec une vigilance soutenue... Chaque fois que le petit canard se fait renverser par une vaguelette, Junior retient son souffle. Ensuite, l'alerte se révélant fausse, il ramasse un galet et le balance dans l'eau.

— Arrête, Junior.
— Ben quoi ?

— M'enfin, réfléchis une seconde. Comment veux-tu que le poisson s'amène si tu lui *jettes la pierre* ?

Junior esquisse un sourire sceptique.

Il dit :

— S'il y avait du poisson, depuis le temps qu'on poireaute, on en aurait attrapé un banc entier.

— Je te demande d'arrêter, lui intime Ach en écarquillant son œil sain.

— J'fais quoi alors ?

— Tu te calmes. Si t'es pas content, tu rentres et tu attends que j'aie fini d'accorder mon banjo.

— Et le poisson, alors ?

— Je t'avais dit qu'il y en avait pas, aujourd'hui.

— Quoi ? T'as dit ça, toi ?

— Tout à fait. Et c'est toi qui as insisté. Maintenant, tu me laisses accorder mon banjo, tu veux bien ?

Junior est déçu. Il rentre le cou, ramasse des cailloux, pèse le pour et le contre, ensuite, sentant l'œil du Borgne rivé dans son dos, il renonce aux galets, essuie ses mains sur son pantalon et maugrée :

— N'importe quoi.

Ach repose à contrecœur son instrument de musique et considère longuement son protégé.

— T'es pas net, toi. Ces derniers temps, tu m'as l'air fébrile comme un âne à l'approche d'une meute de loups, et ça me préoccupe vache.

Junior tique au mot « fébrile ». Il ignore ce qu'il signifie, et sa susceptibilité déclenche la sonnette d'alarme. Le ton du Musicien lui déplaît aussi.

— J'suis pas un *frébile*, et mes oreilles sont courtes.

Ach laisse tomber.

Junior attend que le Musicien se remette à vérifier la souplesse de ses cordes avant d'imploser.

— Un jour, je ferai du vilain.

Ach cogne sur le bras de son banjo et lui rétorque sèchement :

— Tu feras que dalle.

— Si, je ferai du vilain.

De nouveau, Ach repose son banjo sur le côté, replie vers le haut sa jambe droite et entrecroise ses doigts aux ongles noirâtres autour de son genou – attitude qu'il prend généralement lorsqu'il y a un abcès à crever.

— Est-ce que je peux savoir ce que tu entends par *faire du vilain* ?

— J'en sais fichtre rien, mais ça sera pas commode, je te préviens.

— C'est pas les mirages de la ville qui te jouent des tours, des fois ?

— J'en ai rien à cirer de la ville. C'est pas un endroit pour moi.

Ach est un tantinet soulagé. Sans perdre de vue les expressions courroucées qui défilent sur le visage de son protégé, il s'enquiert sur un ton presque affable :

— Pourquoi tu veux faire du vilain ?

Junior plonge ses doigts dans le sable et dit :

— J'aime pas qu'on me traite de demeuré.

— Personne ne te traite de demeuré.

— Si, et toi en premier...

Comme Ach dodeline de la tête d'un air amusé, Junior change subitement de cap et essaye sur un autre ton.

— C'est pas que je suis en rogne contre toi, tient-il à préciser. Je veux juste comprendre. Qu'est-ce qui fait qu'un homme est un demeuré et un autre pas ?

— Oublie ça. C'est trop compliqué.

— S'il te plaît, Ach.

— Pense à autre chose, Junior.

Junior s'empare d'un caillou et le jette loin dans la mer.

— Je *veux* savoir ! exige-t-il.

Ach sait qu'il doit s'expliquer. Junior est têtu ; il ne reviendra pas à la raison tant qu'il n'aura pas de réponse claire à sa question.

— Tu veux vraiment savoir, Junior ?

Junior a soudain peur de la ride singulière qui vient de balafrer le front du Musicien, peur de ces dents qui avancent au milieu d'une barbe inextricable, peur de ce filament de salive qui pendouille parmi les poils grisonnants et qui rappelle un fil d'araignée mortellement oint de rosée.

— Si t'es pas prêt, c'est pas la peine, tente-t-il de se débiner.

— Est-ce que tu veux savoir, oui ou non ?

— Pourquoi t'es furax, Ach ? On peut plus causer, maintenant ?

Ach montre sa main ouverte.

— C'est quoi ça, Junior ?

Junior se ramasse davantage sur lui-même, méfiant.

— Dis-moi ce que tu vois, *simplement.*

— Tu vas encore me faire tourner en bourrique, Ach.

— Est-ce que tu veux savoir, oui ou non ?

— Ça dépend...

— Alors qu'est-ce que tu vois ?

Junior essaye :

— « Salut » ?...

Ach fait non de la barbe.

— Une gifle ?...

— Idiot ! n'interprète pas. Dis seulement ce que tu vois.

— C'est sûrement un coup fourré.
— C'est pas un piège. Dépêchons, j'ai pas que ça à faire. Qu'est-ce que tu vois ?
— ...
— C'est ma main, idiot. Tu vois ma main.
— Ça, j'avais compris.
Ach referme sa main.
— Maintenant, je rentre les doigts à l'intérieur de la paume. Ça donne quoi ?
— Ta main, Ach.
— Oui, mais quoi précisément ?
— Tu vas pas me doubler, cette fois, Ach. C'est toujours ta main.
— Mon poing, idiot ! Une main qui se referme devient poing.
— Je saisis pas le rapport avec demeuré.
— J'y arrive.
Ach enlève sa chaussure et montre son pied.
— Qu'est-ce que je te montre, cette fois, Junior ?
— Ton pied.
— Très bien.
— Tu vois ?
— Maintenant, je rentre les orteils à l'intérieur de la plante : qu'est-ce que ça donne ?
— Un poing !

Ach laisse retomber sa jambe, reprend son banjo et se remet à l'accorder dans un silence électrique.
— J'ai fait une bêtise, Ach ?
— Absolument... T'aurais pas dû jeter la pierre au poisson.

3.

Il a plu durant la nuit, et le toit du panier à salade qui sert de taudis à Ach et à Junior a cédé, déversant sur les deux dormeurs des trombes d'eau. Ach était fou furieux. Il a râlé à s'arracher la glotte sans pour autant chercher à se mettre à l'abri. Ach, quand il roupille, aucune grue ne pourrait le déplacer. Mais dès les aurores, trempé jusqu'aux os, il a passé au peigne fin le toit du fourgon et a fini par localiser une méchante fissure qui s'étend d'un bout à l'autre de la tôle. N'ayant ni chalumeau ni fer à souder, et pas la moindre idée pour colmater la brèche, il a foutu Junior dehors afin de pouvoir réfléchir à tête reposée.

Junior est allé se morfondre sur la plage jusqu'au lever du soleil, ensuite, sans s'en rendre compte, il s'est surpris en train de flemmarder du côté de la jetée. Il s'est dit pourquoi ne pas se joindre au Pacha et à sa clique. Bien que râleurs et imprévisibles, il leur arrive d'être fréquentables lorsqu'ils daignent s'en donner la peine. Et puis, ils ont toujours été corrects avec lui. Quand ils ne l'invitent pas à casser la croûte, ils l'abreuvent d'un tord-boyaux à rendre dingue une bourrique... Bien sûr, Ach ne serait pas d'accord. Il n'aime pas voir son protégé traîner avec ce ramassis de prédateurs sans principes ni code de conduite, ces faux-culs qui se targuent d'être d'authentiques marginaux ayant définitivement divorcé d'avec la civilisation et qui ne se gênent pas pour écumer les poubelles *ennemies* à la périphérie de la ville... Mais Ach se méfierait de sa propre ombre. Il est tout le temps à chercher des poux aux chauves, et Junior est fatigué de l'avoir sans arrêt sur le dos.

Ce matin, la bande se terre dans son trou, entremêlée dans un sommeil comateux, et ronfle comme des porcs empiffrés, ivre de délires et d'empuantissement.

Dans ses « quartiers » – une vaste guitoune à base de sacs de jute et de bâches que l'on appelle pompeusement le Palais –, le Pacha, qui est le chef parce qu'il gueule plus fort que le tonnerre, est couché sur le dos, son souffre-douleur Pipo tendrement blotti contre lui. Les autres se recroquevillent çà et là, plus morts que vrais...

Seul Négus se tient droit sur ses pattes de gnome, la tronche à moitié avalée par un casque de combat, promenant un œil écœuré sur la porcherie.

Négus n'est pas commode pour un sou. Autrefois, il rêvait de s'engager dans l'armée, brûler les échelons de la hiérarchie à la vitesse d'une météorite, faire sauter quelques cervelles récalcitrantes pour calmer la concurrence puis, à la tête d'un état-major aussi dévoué que terrorisé, créer une situation de guerre à partir de n'importe quel fait divers et lancer ses troupes à la dévastation du monde. Il s'imaginait sur son cheval blanc, le casque brodé d'or et d'argent, la poitrine croulante de médailles et la figure rutilante de fureur et de soif de conquête, incendiant les capitales désertées, ravageant les plaines et les vallées, mettant à feu et à sang les montagnes et les champs, et à genoux les souverains et les nations. Rien d'autre ne l'éblouissait autant que ces fresques extatiques qui le tenaient en haleine de jour comme de nuit... Il lui suffisait de fermer les yeux sur ses projections funestes pour que, d'un coup, des clameurs explosent à ses tempes tandis qu'il s'élevait dans les airs tel un moine en lévitation... Mais Négus est à peine plus haut qu'une baïonnette et aucune caserne n'a voulu de lui. Après avoir essuyé un tas d'éliminations systématiques lors des innombrables campagnes de recrutement auxquelles il s'était présenté, il dégringola dans sa propre estime, sombra dans des beuveries minables puis, fatigué des rafles et des moqueries des putains, il se rabattit sur le terrain vague où toutes les hontes sont bues comme sont tus les plus horribles secrets.

En vérité, Négus n'a pas renoncé à ses ambitions de dictateur. Depuis qu'il a trouvé ce maudit casque rouillé sur la plage, il a renoué avec ses fantasmes et passe le plus clair de son temps à former des bataillons imaginaires et à leur botter le cul dans la pestilence hallucinatoire des décharges publiques. Il avait même élevé un chiot au rang de caporal avant de le limoger pour insubordination caractérisée.

Junior craint Négus. D'ailleurs tout le monde craint Négus. Maigre et noir comme un clou, moche comme un pou, Négus est malin à tenir à distance un contingent de singes. Lorsqu'il a une dent contre quelqu'un, il ne le lâche plus. La rancune tenace, les coups bas imparables, malheur à l'imprudent qui se mettrait en travers de son chemin. Le Pacha en personne le redoute. Quand ce dernier l'engueule, Négus ne réagit pas ; il se contente de dire « d'accord » en se retirant ténébreusement, mais son « d'accord » reste planté à l'endroit où il se tenait, tel un mauvais présage. Il a une façon de le prononcer qui donne la chair de poule, si bien que le Pacha est obligé de lui courir après pour l'amadouer.

Junior n'aime pas être seul avec Négus. Ce dernier est capable de l'emmener derrière le dépotoir et de le faire marcher au pas cadencé jusqu'à ce qu'il tombe dans les pommes. Ensuite, il l'obligerait à tirer avec des bouts de bâton sur des cibles fictives, à ramper sous les balles ennemies et à donner l'assaut tous azimuts. Il pourrait même le traduire en cour martiale et le passer par les armes.

Pour rebrousser chemin en douce, Junior feint de se rappeler une urgence, se frappe le front avec le plat de la main, pivote sur ses talons et file ventre à terre vers la plage. Une fois hors de portée d'un ordre ou d'une sommation, il s'arrête pour reprendre son souffle, plié en deux, la poitrine saturée et la gorge en feu.

— T'as le diable aux trousses ? lui demande Haroun le Sourd qui passe par là, nu comme un ver, son caleçon à la main.

— Non.

— Alors pourquoi tu détales à cette allure ?

— T'es à poil, Haroun, dit Junior pour changer de sujet.

— C'est à cause des morpions. Y en a au moins un million dans ma culotte... Moi, je me rappelle très bien, j'ai dormi avec ma culotte. J'suis catégorique. Et ce matin, je me réveille, et j'suis tout nu. C'est vrai que l'orage a pété les plombs durant la nuit, que le vent a dépassé les bornes, mais rien dans mon terrier n'a bougé. J'ai pas compris pourquoi j'avais plus ma culotte sur moi ni pourquoi elle traînait par terre. Ce n'est qu'en la ramassant que j'ai pigé. Ça grouille là-dedans. T'es libre de ne pas me croire, Junior, mais c'sont bien les morpions en se déplaçant qui m'ont retiré ma culotte.

— Ils voulaient faire quoi avec ?

— Je leur ai pas demandé, grogne Haroun irrité par l'ineptie de la question.

Et il gravit une dune pour contourner la barrière rocheuse.

— Où tu vas, Haroun ?

— Je cherche une fourmilière.

— Pour quoi faire ?

— Tu comprendras après.

Les deux hommes pataugent dans les monticules d'ordures gorgés d'eau de pluie, ensuite ils débouchent sur la plage en train de fumer sous le soleil. Haroun regarde par terre en remuant les herbes avec un bout de roseau. Junior le suit de très près en essayant de deviner ce que le Sourd a derrière la tête.

Ils tombent enfin sur une fourmilière.

Haroun s'accroupit et observe de minuscules fourmis noires en train de s'affairer frénétiquement autour de leur repaire.

— Elles sont trop petites, constate Haroun en se relevant.

L'Olympe des Infortunes

Ils cherchent encore, et encore, tombent sur des trous infestés de bestioles effarouchées. Un moment, fatigué, Junior songe à retourner auprès du Musicien, mais sa curiosité l'en dissuade.

— Tiens, y en a une qui me paraît convenable, dit enfin Haroun en s'affaissant devant une agitation effrénée de fourmis rouges autour d'un furoncle de sable.

Il étale aussitôt son caleçon à proximité de la fourmilière et attend. Rapidement, les fourmis rouges investissent le sous-vêtement. Au bout d'un va-et-vient vertigineux, Haroun se détend et, subjugué, il se met à se trémousser d'aise.

— Tu vas voir, Junior. Ces braves fourmis vont mettre moins de temps à assainir mon slip que les services d'hygiène à dératiser une cave. Tiens, en voilà deux qui embarquent un morpion manu militari, ajoute-t-il extasié en montrant du doigt une curieuse empoignade livrée par un groupe de fourmis rouges à un pou boursouflé.

— Purée ! admet Junior émerveillé par le spectacle. Même Ach, qui sait tout, n'aurait pas eu une idée pareille.

Haroun ne l'écoute plus. Il est fasciné par les fourmis rouges s'engouffrant dans les replis du caleçon et délogeant méthodiquement la colonie de morpions qui s'y est établie. Le ballet s'intensifie au fur et à mesure que l'offensive rapporte ; bientôt des caravanes de fourmis rouges chargées de captifs se mettent à converger victorieusement droit sur la fourmilière.

— En moins de deux, elles auront tout ratissé. Elles emporteront jusqu'aux larves. Et après, j'aurai plus qu'à secouer ma culotte avant de l'enfiler.

— Juuunioooor !

Les deux hommes redressent la tête. Ach vient de surgir sur le Grand Rocher. Il agite ses bras à la manière d'un moulin à vent.

— Il peut pas te lâcher une seconde, ce guignol ?

— C'est pour mon bien, dit Junior avec gratitude.

— Il te colle trop, si tu veux mon avis. C'est mauvais. T'es pas son ombre.

— Ach veille sur moi. J'ai beaucoup, beaucoup de chance, ici. Ailleurs, on me ferait pas d'cadeau.

— C'est lui qui te bourre le crâne avec ces foutaises ?

— C'est pas des foutaises. C'est la vérité plus vraie que la sainte vérité.

Junior se relève et adresse de vastes signes au Musicien pour lui signifier qu'il arrive. Avant de prendre congé de Haroun, il se penche sur le ballet des fourmis rouges et confie :

— Je me demandais à quoi ça sert les fourmis. Maintenant, je sais.

Ach montre fièrement le travail qu'il a accompli pour colmater la fissure dans le toit de la « maison » – un panier à salade rouillé et désossé, aux sièges arrachés, sans tableau de bord ni portières : il a étalé une vieille bâche sur la toiture du fourgon qu'il a ensuite jonchée de grosses pierres, de pneus décharnés et de barres de fer pour l'empêcher de s'envoler.

— Ça te va comme ça, Junior ?
— Ouais...
— Maintenant, ferme les yeux et suis-moi.
— Cette fois, tu risques pas de me doubler, dit Junior avec suffisance. Comment veux-tu que je te suive les yeux fermés ?
— C'est pas un piège à cons, Junior. J'ai une surprise pour toi.
— Oui, mais ça dit pas comment je vais te suivre avec les yeux fermés, s'entête Junior, ragaillardi par sa présence d'esprit.
— Très bien, reconnaît Ach. Donne-moi la main si t'as pas confiance.

Sans attendre la permission de son protégé, Ach saisit Junior par le poignet et le conduit derrière le fourgon.

— Maintenant ouvre les yeux.

— Wahou ! s'écrie Junior en découvrant une petite tente presque intacte dressée à l'ombre du fourgon ; une belle tente de camping à deux places, toute jaune, joliment déployée dans la « cour ».

— Ce sera notre résidence d'été, décrète Ach avec fatuité. Quand il fait beau, on peut s'y installer. On fichera nos coudes dans le sable, on allongera les jambes plus loin que notre regard et on passera notre temps à remuer nos orteils au soleil. On s'la coulera douce jusqu'à se prendre pour une source.

Junior est aux anges.

— Tu l'as achetée où ?

La figure d'Ach se désintègre. Son sourire et son enthousiasme s'estompent d'un coup, remplacés par une expression outragée.

— *Acheter*, Junior ?

— Ben...

Ach porte ses poings à ses hanches, fortement vexé.

— Acheter, c'est pas dans nos habitudes. C'est une hérésie, un acte contre nature. Tu dois proscrire ce mot de ton esprit, le gommer de ta mémoire, le conjurer. C'est pas un mot pour nous, Junior. Combien de fois faut-il te le rappeler ?

— Ben...

— Y a pas de ben qui tienne. À quoi ça sert un enseignement si on ne le retient pas ?... Dis voir, d'abord, c'est quoi la *vraie* liberté, Junior ?

— C'est ne...

— Non, dis toute la phrase, depuis le début.

— La *vraie* liberté est ne rien devoir à personne, récite solennellement Junior.

— Et la *vraie* richesse ?

— La *vraie* richesse est ne rien attendre des autres.

Satisfait, Ach se décomprime un tantinet. Il assène :

— Un Horr n'achète pas puisqu'il vit sans le sou. Il prend ce que le hasard lui propose... Un Horr se sert avec modération, sans calcul et sans intérêt. La frugalité est sa singularité... Qu'est-ce qu'il fait un Horr quand il tombe sur un billet de banque, Junior ?

— Il lui crache dessus, Ach.

— Pourquoi un Horr crache-t-il sur un billet de banque, Junior ?

— Parce que l'argent est source de tous les malheurs, Ach.

— Tout à fait, Junior. L'argent est la plus vilaine des vacheries. Quand tu le sers, il te dérobe les yeux ; et quand il te sert, il te confisque le cœur. Ce que tu gagnes d'une main, tu le gâches de l'autre. Ça t'appauvrit à ton insu, t'ampute de tes vrais potes et te greffe des profiteurs en guise de prothèse. Comme un sablier, il te vide pendant qu'il te remplit...

— Ça va, Ach, tu vas pas encore m'*embarber* avec tes histoires de sainteté... C'était juste une question. Si, chaque fois que je te demande quelque chose, je dois me faire taper sur les doigts, je mettrai un bâillon sur la bouche et puis c'est tout. J'ai pas demandé la mer à boire, quand même.

Ach s'assagit. C'est bien d'être à cheval sur les principes, mais il faut savoir mettre pied à terre de temps en temps.

Il passe l'éponge et emprunte un autre ton.

— Cette tente, c'est le hasard qui l'a déposée sur mon chemin. J'étais sur la décharge en train de chercher de quoi réparer le toit de la maison quand je la trouve dans son sac marin, placée là à mon attention, comme si le bon Dieu, pour s'excuser de nous avoir arrosés durant la nuit, voulait se racheter... Elle est pas jolie ?

— Elle est jolie, concède Junior d'une petite voix.

— On vivra dedans comme des nababs. Seuls, toi et moi, bien couchés sur le dos, le nez dans le ciel et les orteils au soleil. Et personne ne viendra nous faire chier. On sera les rois du monde.

— Tu disais qu'on se fout du monde entier, Ach. Dieu le Père, j'veux bien, mais rois des gens qu'on blaire pas...

— C'est juste une expression, Junior. Si elle te convient pas, je la retire. L'important est qu'à deux, dans cette tente, on va s'éclater à ne rien foutre, et on sera mieux lotis que tous les veinards de la Terre... T'es content, Junior ?

— Ouais, très...

— Eh bien, si t'es content, je le suis aussi. Il faut que tu te visses ceci dans le crâne : ici, c'est notre Olympe, et t'es ma part d'éternité. À nous deux, nous sommes le monde. T'es l'œil qui me manque, je suis la raison qui te fait défaut. Alors, s'il te plaît, tâche de ne pas trop t'éloigner. Je parie que t'es allé sur la jetée, ce matin. Que tu t'affiches avec Haroun, ça passe, c'est un Horr. Mais que tu te mêles aux gars de la jetée, qui font le contraire de ce qu'ils promettent, qui crachent sur la ville et qui se gênent pas de fouiller dans ses poubelles, ça, c'est pas réglo. Ces zigotos sont capables de t'entraîner avec eux jusqu'en ville et...

— J'irai jamais en ville, tranche Junior comme s'il prêtait serment. J'suis pas fou. Ici, c'est ma patrie. J'fais avec, j'fais sans, c'est pas important. Ici, j'suis Dieu le Père si je veux. Et maintenant qu'on a une tente qui en plus est jolie à regarder, le reste, c'est ni mes oignons ni mon problème.

— Juré, Junior ?

— Un Horr, c'est comme un canon. Lorsqu'il donne du ton, il revient point sur sa parole.

Attendri et heureux à la fois, Ach prend son protégé à bras-le-corps et le serre fortement contre lui.

4.

Le jour se lève sans trop de conviction. Il sait que *de l'autre côté de la ville*, on ne le *calcule* pas. Pour les gens du terrain vague, tout ce qui brille n'est pas or, et rien ne saurait les détourner d'une bonne cuite ou les faire renoncer à leur grasse matinée. Ach attend toutefois de voir le soleil s'extirper de l'horizon pour se mettre debout, un paquet délicatement ficelé sous le bras.

— Où c'que tu vas ? s'enquiert Junior ensommeillé.

— La chienne à Bliss a fait des petits.

— Et alors ?

— Il y a des usages, Junior.

Junior écarte la toile cirée qui lui sert de moustiquaire pour reluquer le Musicien. Ach est sur son trente-et-un. Il a enfilé son pardessus des grands jours, froissé certes, mais propre, mis une chemise qu'on ne lui connaissait pas et accroché une cravate clownesque, rouge comme une langue de bœuf, qui s'étale grossièrement sur son ventre. Il a fière allure, avec son froc de chasseur aux poches bouffies, ses bottes nettoyées à l'eau de mer et la fleur en chiffon épinglée sur le col de son paletot.

Junior n'est pas sûr, mais il lui semble que son compagnon s'est lavé la figure et donné un coup de peigne dans le nid de cigogne qui lui tient lieu de cheveux.

— T'as l'air d'un sou neuf.

— C'est pas méchant de soigner son image une fois par hasard, dit Ach avec humilité.

Junior ne saisit pas la portée des propos du Musicien. Peut-être parce qu'ils ne l'intéressent pas vraiment. Il se contente de regarder autour de lui, s'attarde sur une colonie d'oiseaux détritivores en train de se chamailler autour d'un monceau d'immondices, puis il revient lorgner l'accoutrement du Borgne.

— Tu comptes rester longtemps avec Bliss ?

— Ça m'étonnerait. Il est tellement désespérant.

— On ira du côté du pont, après ?

— On verra.

Junior se relève en s'époussetant.

— De toute façon, j'peux pas rester seul ici.

Bliss est en train d'arracher la portière de son taudis – un vieux container rejeté par les flots à la suite du naufrage d'un bateau de marchandises, deux décennies plus tôt. Son torse famélique et nu ruisselle de transpiration. Il continue de s'esquinter les mains sur la ferraille lorsque les deux hommes se laissent choir sur la dune, à deux mètres de lui.

— Elle veut rien entendre, se plaint-il en redoublant d'efforts.

— Faut peut-être la lubrifier, suggère Ach.

— Avec quoi ?.... Elle m'a fait le même coup, l'an dernier. Il a fallu une massue et un cric pour la dérouiller.

— T'es obligé ?

— Le Diable n'arriverait pas à fermer l'œil, là-dedans. Une vraie chaudière. J'essaye d'aérer.

Finalement, Bliss laisse tomber et fait face aux deux hommes.

Ach n'attendait que cette pause. Il se lève. Solennellement. Et dit, la gorge nouée d'émotion :

— Haroun m'a informé que ta chienne a eu des petits.

— De quoi il se mêle, çui-là ?

— Il l'a dit sans arrière-pensée.

Bliss dévisage tour à tour Ach et son protégé, à l'affût d'une quelconque connivence. Apparemment, ils ont l'air sincère.

— Depuis que le clebs roux s'est amené, se lamente brusquement Bliss, elle n'a pas cessé de découcher. En plus, elle n'a pas eu que des petits rouquins. Y en a des noirs, des gris, des dominos... Et la nuit, toute une bande de clébards rapplique par ici et rôde autour de chez moi. C'est à peine si je ne me mets pas à hurler avec la meute, moi aussi.

Ach hoche la tête, compréhensif ; il compâtit.

De son pied, il remue la poussière. Sa voix arrive, flageolante :

— Elle est là ?
— Où veux-tu qu'elle aille ?
— Je peux la voir ?
— Pourquoi ? fait Bliss sur ses gardes.
— J'aime les chiots.

Bliss dévisage le Musicien, puis Junior, les trouve intrigants. Leur culot de débarquer sans préavis et de lui poser des questions sur un sujet qui ne les concerne pas le tarabuste. De toutes les façons, il a toujours été mal à l'aise avec les visiteurs, qu'ils s'annoncent ou pas, qu'ils soient porteurs de bonnes nouvelles ou de guigne. D'ailleurs, pour lui, il n'y a pas de visites de courtoisie ; il n'y a que des intrusions, des agressions, des violations d'intimité, du voyeurisme agissant.

Bliss est quelqu'un de secret. Il vivote en marge de tout. Ach, qui a horreur des solitaires, le trouve buté, imprévisible et ingrat. En vérité Bliss n'est pas comme ça, et s'il ne s'implique pas dans la vie des autres, c'est juste pour préserver la sienne. On devine nettement, dans son regard fuyant, qu'il en a bavé dans une vie antérieure ; sa figure de fouine, ravinée de rides et de cicatrices, porte nettement l'empreinte d'une interminable enfilade de déconvenues.

— Ça veut dire quoi, « j'aime les chiots » ? fait-il méfiant comme un crabe.

— Exactement ce que ça veut dire : *j'aime les chiots*.

— Ouais, mais pourquoi aujourd'hui, tiens ?

— Parce que ta chienne a fait des petits hier, et aujourd'hui on est venus les regarder de près. Y a rien d'autre, je t'assure. On ne va ni te les chiper ni leur porter le mauvais œil. D'ailleurs, j'en ai qu'un et il porte pas plus loin que le bout de mon nez.

— J'suis obligé de vous croire ?

— Non, tu n'es pas obligé... Est-ce que tu nous laisses voir ta chienne, oui ou non ? T'es chez toi. T'es libre de nous recevoir comme de nous fiche dehors. On te forcera pas la main. On veut juste voir ta chienne, ni plus ni moins.

Bliss hésite longuement avant de montrer une citerne éventrée.

— Elle est derrière.

Ach le remercie de la tête, avec une certaine obséquiosité, en portant la main à un chapeau imaginaire puis, rajustant le devant de son paletot, il redresse le cou et contourne dignement l'amas de ferraille.

La chienne est là, tapie dans une flaque d'ombre, sa tripotée de petits blottie contre ses mamelles. Elle lève la tête et ses sourcils en accent circonflexe se rabattent d'un cran.

Ach s'accroupit.

Il est tout tendresse.

Il caresse le pelage d'un chiot que la faim combative de sa fratrie a projeté sur le côté.

— Belle famille, reconnaît-il.

— Tu parles ! glapit Bliss écœuré.

Ach se relève, contemple la chienne et ses petits. Puis il se retourne vers Bliss et, d'un geste noble, il lui tend le paquet.

— C'est quoi ? fait Bliss prudent.

— Ouvre...

— J'espère que ça va pas me péter à la figure.

— Ouvre donc.

Bliss prend le paquet entre ses doigts, avec les précautions soutenues d'un artificier tripotant une bombe artisanale, ensuite, après avoir puisé quelque garantie dans le regard du Musicien, il défait la ficelle.

— Un fouet ! s'exclame-t-il.

— C'est une laisse, dit Ach excédé.

— Une laisse ? Pour quoi faire ?

— C'est un cadeau. Elle a appartenu à mon chien, que Dieu ait son âme. Aujourd'hui, je te l'offre.

Bliss extirpe la lanière, la tourne et la retourne. Son visage obtus, ses doigts émaciés et le creux de ses lèvres déplaisent outrageusement au Musicien.

— Je ne comprends pas, dit-il.

— C'est un cadeau, je te dis, grogne Ach agacé par le peu d'enthousiasme dont fait montre Bliss.

— Ah !...

Bliss déploie la lanière, l'étire, la fait claquer comme un fouet – au grand chagrin du Musicien – puis, il considère sa chienne, dubitatif.

— Elle voudra jamais d'une laisse. Elle a trop de fierté.

Ach n'en peut plus. Il pivote sur lui-même et s'éloigne furieusement.

Junior doit courir pour le rattraper.

— Crétin ! Rustre ! Barbare ! Troglodyte ! maugrée le Musicien en donnant des coups de pied dans le sable. Pas plus de courtoisie qu'un sanglier !

Junior donne lui aussi des coups de pied dans le sable, par une sorte de solidarité grégaire, sans vraiment comprendre ce qui met le Musicien dans une colère aussi noire, en glapissant :

— Crétin ! Rustre ! Barbare !

— Quel ingrat !
— Quel ingrat !
— Pas même foutu de dire merci.
— Ah ! ça, pour ce qui est de dire merci, avec Bliss, tu peux toujours prendre ton mal en patience… Qu'est-ce qui t'a pris de lui donner ta laisse. Elle est tellement jolie.

Et Ach, avec amertume :
— C'sont les usages, Junior. Et puis, il ne naît jamais personne, chez nous.

5.

Ach est intrigué.
Le soleil est punaisé à ras l'horizon, et il ne se passe rien sur la jetée.
D'habitude, à cette heure-ci, on peut entendre les cris de sommation de Négus et entrevoir quelques silhouettes indolentes en train de se prendre pour des ombres chinoises.
Or, c'est le calme plat.
Ach a beau scruter les parages, il n'y décèle aucun signe rassurant.
— C'est pas normal, dit-il.
— Qu'est-ce qui s'passe ? fait Junior du fond du fourgon.
— On dirait que les gars de la jetée ont foutu le camp.
— Ils sont peut-être en train de pioncer.
— Pas à cette heure-ci.
Junior aperçoit la petite gueule fuselée d'une souris sous le réchaud à pétrole. Il s'aplatit

davantage sur sa couche pour l'observer, mais l'animal s'éclipse, renversant dans son repli une vieille boîte de conserve vide que le Musicien utilise comme gobelet.

Ach marche jusqu'à la barrière rocheuse, grimpe sur une dune et, la main en visière, surveille la jetée qui évoque un territoire sinistré.

— C'est pas normal, répète-t-il, de plus en plus inquiet.

Le matin, Mama, qui fait bande à part derrière le dépotoir, a quitté sa réserve, Mimosa, son vieux compagnon, entassé sur une brouette. Mimosa est un soûlard permanent qui fait régulièrement sur lui. Mama est obligée de le transporter jusqu'à la plage pour le nettoyer. Elle le jette dans l'eau, le remue dans tous les sens, manquant parfois de le noyer, ensuite, elle le traîne par les pieds sur le sable et l'étend sur les rochers. Elle revient le chercher tard dans l'après-midi, une fois qu'il a séché au soleil.

Hormis le petit manège de Mama, il ne se passe rien sur la plage ni sur la jetée. Un moment, Ach a songé à aller demander de quoi il retourne à Mama, mais il a craint de l'indisposer. Mama est un bout de sucre ; on la mettrait dans un verre d'eau qu'elle fondrait, sauf qu'elle est un peu parano. On lui demanderait l'heure qu'il est qu'elle y décèlerait une insinuation désobligeante et, après, on ne pourrait plus l'arrêter. Ach l'appelle « la boîte de Pandore ». La meilleure façon de la garder fermée est de ne pas lui adresser la parole.

— Et si on sortait notre tente dans la cour, Ach ? propose Junior. On fichera nos coudes dans le sable et on remuera nos orteils au soleil...

— Il va bientôt faire nuit.

— C'est pas un empêchement.

— Sans blague ! Tu comptes remuer comment tes orteils au soleil dans le noir, Junior ?

Junior se frappe le front avec le plat de la main.

— C'est vrai, c'que j'suis con.

— T'es pas con, Junior. Tu oublies seulement de réfléchir avant de parler.

Junior opine du chef.

— T'as raison... Comment tu fais, toi, pour réfléchir dans la seconde où tu parles ? J'ai jamais réussi, moi.

— Ça va venir avec l'âge... Tu peux te rendre utile ?

— Ça dépend.

— J'aimerais que tu ailles jeter un œil chez le Pacha.

Junior éclate de rire.

— Tu me feras pas marcher cette fois, Ach.

— C'est *très* sérieux. Il se passe des trucs louches sur la jetée.

Junior se met sur son séant et commence à gamberger en s'aidant de ses doigts. Ses sourcils montent et descendent sur son front à force de concentration. Depuis qu'il s'est fait avoir avec cette histoire de « main-poing » – dont il n'a toujours pas déchiffré le code – il se tient sur ses gardes.

— Attends, attends, dit-il, y a quelque chose qui coince, là. Tu m'interdis de traîner avec ces faux jetons, et maintenant tu veux que j'aille voir ce qui cloche chez eux.

Ach vient se mettre en face de la portière.

Junior lit dans l'œil sain du Musicien de la sévérité. À contrecœur, il enfile ses savates et sort du fourgon en prenant soin de s'écarter ostensiblement du Musicien.

— C'est pas régulier, proteste-t-il. Tu me tends un hameçon, et quand je refuse de mordre dedans, tu me forces la main.

Et il dévale la dune, à petits pas, certain d'entendre le Musicien pouffer dans son dos. Ach ne pouffe pas. Junior atteint la barrière rocheuse sans être rappelé. Il continue de s'éloigner et ne décide de relever la tête qu'une fois de l'autre côté du dépotoir. Lorsqu'il arrive à la hauteur de la hutte de Mama, il s'aperçoit qu'il a oublié les raisons qui l'ont conduit de ce côté du terrain vague. Mama, qui était en train de savonner vertement son vieux compagnon, rentre aussitôt chez elle, signifiant à l'intrus qu'elle n'est là pour personne. Quant à Mimosa, il gît à proximité de la hutte, tel un bonhomme en chiffons.

Junior se souvient qu'il doit aller voir ce qui se trame sur la jetée, rebrousse chemin jusqu'à la plage, emprunte un raccourci à travers les rochers nains que les vagues tourmentent. Le vent, à cet endroit, rugit comme une meute d'hydres éplorées. Junior doit se cramponner aux pierres pour ne pas perdre pied.

Il débouche sur la crique et, là, il surprend Clovis juché sur un énorme galet en train de regarder tranquillement Haroun le Sourd barbotant dans les flots tumultueux. Ce dernier est ballotté avec une rare férocité ; on ne voit que sa tête noire au milieu de l'écume en ébullition.

— Mais il est en train de se noyer, s'écrie Junior en portant ses mains à ses tempes dans un geste d'effroi.

Clovis hausse les épaules, arc-bouté contre ses genoux, pareil à un ogre penché sur son festin.

— Je lui ai dit de ne pas y aller, se justifie-t-il sur un ton monocorde.

— Qu'est-ce qu'il fiche là-dedans ?

— Il voulait récupérer des oursins. Je lui ai dit que c'était pas une bonne idée avec la tempête qui se lève, il ne m'a pas écouté.

Haroun tente désespérément d'atteindre le récif, mais les vagues tourbillonnantes l'entraînent vers le fond. De temps à autre, des ressacs le catapultent à travers une multitude de gerbes blanches contre les rochers et, avant que le pauvre diable ne trouve un support pour se hisser sur la terre ferme, les flots se replient et le ramènent au milieu de leur furie.

Junior s'assoit à côté du géant et, tous les deux, comme devant un fait accompli, ils assistent à la noyade de leur voisin.

— Tu penses pas qu'il faudrait le sortir de là ? s'enquiert Junior.

— J'ai peur de l'eau, dit simplement Clovis.

— Moi aussi... Il est en train de se noyer depuis longtemps ?

— Ça fait déjà une bonne plombe. Pourtant, il sait très bien qu'il fait pas le poids devant cette mer démontée. Au lieu d'en finir, il s'entête. J'espère qu'on va pas y passer la nuit. J'ai pas que ça à faire.

— M'est avis qu'il faut aller chercher de l'aide.

— Ça servirait à rien. Il écoutera personne. Et puis, tous les gars sont partis à la recherche de Pipo.

— Qu'est-ce qu'il est arrivé à Pipo ?
— Il est pas rentré de la ville.
— C'est pas un endroit pour nous, la ville.
— Le Pacha pense qu'il est arrivé malheur à Pipo, et ils sont tous partis à sa recherche. Y a que Négus qui est resté sur la jetée. Négus a dit qu'il faut quelqu'un pour garder la base. Il est en embuscade, là-haut. Il a failli me faire la peau parce que j'avais pas le mot de passe.

Junior acquiesce de la tête et, tous les deux, ils se remettent à observer la détresse de Haroun qui ne se bat presque plus tant il est lessivé.

— Pourquoi il fait que des conneries, Haroun ? dit Junior.

Clovis ne répond pas. Il étale ses larges mains replètes et velues sur ses genoux, contracte les épaules et fixe patiemment le naufragé, décidé à ne plus rien dire jusqu'à ce que Haroun disparaisse pour de bon de la surface des flots.

Une vague plus grosse que les précédentes arrive de très loin, dans un roulement mécanique spectaculaire, domine le large au point de cacher l'horizon et se met à déferler lourdement sur le rivage. On dirait une interminable muraille mouvante déterminée à raser tout sur son passage. Elle monte, monte, engrossée de fiel et de vertige. Soudain, elle se dégonfle à quelques brasses de la crique et s'affaisse lamentablement, semblable à la montagne accouchant d'une souris. Dans un ultime soubresaut d'orgueil, elle tente de se reprendre en main, happe Haroun au passage, le soulève si haut qu'il lui échappe de la crête et tombe sur les rochers. Lorsqu'elle se retire, bredouille et ridicule, le naufragé reste accroché au récif, disloqué et sonné, et ne remue plus. D'autres vagues rappliquent pour le reprendre, giclent furieusement dans les anfractuosités et ne parviennent qu'à l'éclabousser par endroits.

— Même la mer ne veut pas de lui, dit Clovis avec dégoût en se levant.

Sur ce, il remonte jusqu'au sommet de la colline et disparaît.

Resté seul, Junior continue d'observer Haroun qui ne bouge pas, puis il se souvient que la nuit ne va pas tarder et se dépêche de rejoindre Ach qui doit s'impatienter.

6.

Personne ne se souvient d'avoir vu le Pacha aussi sombre et avachi. Lui, le briscard tonitruant, dont les coups de gueule supplantent le vacarme des tempêtes, il n'est plus qu'une loque. À croire que son âme est partie ailleurs, laissant un pantin désamorcé sur le vieux siège de corbillard qui lui tient lieu de trône. Même les mouches n'arrivent pas à lui arracher un réflexe. Effondré sur sa chaise, l'œil terne et le visage clos, il fixe un point au large et ne le quitte plus.

On a cherché Pipo partout, en vain.

Bien sûr, on est restés à la périphérie de la ville pour éviter les rafles, car au-delà de la ligne de démarcation, c'est le non-retour, mais on n'a ménagé aucun effort ni aucune piste pour retrouver le disparu. On a demandé aux biffins, aux diseuses de bonne aventure, aux foldingues enténébrées et aux marmots faunesques croisés sur les chemins ; inspecté les baraquements désaffectés, les ruines, les décharges, les anciens chenils ouverts aux quatre vents par où transitent les trimardeurs et les malfrats en rupture de ban : aucune trace de Pipo.

Le temps semble s'être arrêté sur la jetée.

Cela fait deux jours que le Pacha ronge son frein, aussi immuable qu'un totem.

La bande ne sait où donner de la tête. Elle se déploie autour de son patron, perplexe et désemparée. Hormis Négus, qui monte la garde dans le cercueil qui lui sert de guérite le jour et de plumard la nuit, les autres s'interdisent les moindres faits et gestes, guettant un signe de leur chef pour se remettre à respirer normalement.

Clovis occupe une grosse pierre, à proximité du Palais. Il scrute tantôt ses ongles tantôt les lignes de ses mains, embarrassé. Ce n'est pas la fugue de Pipo qui le tarabuste. Si ça se trouve, il ne voit ni l'utilité de la présence de ce dernier ni l'importance de sa disparition. Par contre, le chagrin du Pacha lui pose un sérieux problème. Bien qu'il crève de faim et de soif, à aucun moment il n'a songé à se mettre quelque chose sous la dent sans avoir le sentiment de perturber gravement l'ordre des choses.

Aux pieds de Clovis, la bouche ganguée de bave, se morfondent les frères Zouj, une paire d'autistes blafards, jumeaux à choper la berlue. Vieillards cacochymes, jalousement tapis dans leurs ombres, les frères Zouj n'ont pas d'âge et pas d'histoire. Ils ont échoué sur le terrain vague bien avant le reste de la bande, et nul ne saurait dire de quelle planète ils sont tombés. Ils ne parlent quasiment pas, se contentent des miettes que leurs compagnons d'infortune laissent après les repas et dorment collés l'un à l'autre en parfaits siamois. Le Pacha les a adoptés parce qu'ils ne le dérangent pas. Il aime leur mystère de momies et la similitude ahurissante de leurs réactions par rapport à ce qui leur arrive ; une similitude telle que lorsqu'une démangeaison se déclare chez l'un, l'autre se gratte au sang...

Sur le flanc gauche du Palais, Dib, un grand échalas au nez crochu, a le visage dans les mains et feint le catastrophé. En réalité, il surveille sournoisement le patron à travers ses doigts écartés ; chaque fois qu'une lueur de tristesse fulgure dans les yeux du chef, il se trémousse douloureusement pour montrer combien il compâtit. Tout le monde sait qu'il n'a pas plus de cœur qu'un scorpion, et cela ne l'empêche pas d'en faire des tonnes... En face de lui, Aït Cétéra – que l'on surnomme le Levier parce qu'il n'a qu'un bras – rumine l'écœurement que lui inspire l'hypocrite. Il a beau l'inviter discrètement à mettre un peu d'eau dans son vin, Dib refuse de s'assagir.

Un peu en retrait, dissimulé derrière un buisson, Einstein broie du noir. Le désespoir du Pacha l'indispose. À cette heure-ci, il serait en train de farfouiller dans les poubelles à la recherche de médicaments périmés qu'il s'évertue à recycler dans sa grotte-laboratoire. Einstein est une sorte d'alchimiste forcené. Rondouillard et court sur ses pattes, les cheveux dressés sur le sommet du crâne, il passe le plus clair de son temps à mijoter des élixirs, penché du matin au soir sur un chaudron bouillonnant. Dans sa sacoche en bandoulière, qui ne le quitte jamais, au milieu de fioles et de flacons crasseux, se froissent des centaines de feuillets sillonnés d'écritures indéchiffrables qu'il fait passer pour des recettes miraculeuses. Il a tué un tas de chiens errants avec les breuvages de sa fabrication.

Puis, il y a les *Autres*, les clodos de passage – une grappe de fantômes cendreux dont on ne retient ni les noms ni le nombre. Intrus itinérants, trimballant leur déchéance de terrains vagues en sentiers battus, ils ont appris à débarquer et à s'évanouir dans la nature sans susciter d'interrogation. Ils sont là juste pour se sentir moins seuls et espérer qu'un regard leur rende un soupçon de visibilité. Ils savent qu'un certain Pipo a fugué, mais ignorent quelle attitude observer, conscients que leur sympathie ne vaudrait guère la peine d'être affichée puisque nul ne fait vraiment cas d'eux.

Le Pacha remue, et toute la bande retient son souffle. Quand le Pacha est mal, c'est à peine s'il laisse une marge de manœuvre au bon Dieu. La crainte qu'il inspire n'a d'égal nulle part. Pourtant, à le lorgner de près, on ne donnerait pas cher de sa peau. C'est un grand hurluberlu émacié, encombré d'une gueule édentée à la limite de l'obscénité et d'un corps asséché recouvert de tatouages cauchemardesques. Si on ne le connaissait pas, n'importe quel poivrot en manque serait tenté de lui flanquer une raclée, histoire de se prouver qu'il n'est pas le dernier des derniers. Mais les apparences sont trompeuses. Le Pacha serait – d'après ce qu'il laisse entendre, en dépit de son aspect de macchabée sursitaire – le danger incarné. Comment ne pas se garder d'en douter ? Il suffirait de le fixer dans les yeux pour percevoir le magma dévastateur qui sourd au tréfonds de son être. Il a un regard à faire rentrer sous terre un hercule forain ; un regard glacial et pénétrant que personne n'oserait soutenir deux secondes d'affilée. Sa légende, on la tient de lui, et de lui seul. À ses heures perdues, quand ses humeurs massacrantes s'autorisent un moment de répit, il aime réunir sa « cour » autour d'un feu de bivouac et lui raconter ses incalculables années de taule, les bagarres homériques qu'il déclenchait jadis lorsque des imprudents lui cherchaient la petite bête, les atrocités intenables qu'il infligeait à ceux dont la mine ne lui revenait pas. Ses yeux brillent horriblement quand il se met à dérouler le film de ses méfaits, somme toute improbables tant ils dépassent l'entendement. À le croire, il aurait endeuillé des pègres entières et semé l'effroi jusque dans les bagnes les plus décriés. Il faut l'entendre raconter, dans le détail, comment ses ennemis vaincus se jetaient à ses pieds pour implorer son pardon et comment il les dépeçait avec un bout de canif jusqu'à ce qu'ils rendent leur dernier souffle, presque heureux d'en finir. Pendant qu'il narre ses crimes et ses châtiments, ses compagnons s'enferment dans un silence tel qu'on entendrait tinter leurs calculs...

Seul Négus demeure imperturbable, bien rangé dans sa guérite. Il n'a jamais pris pour argent comptant les fanfaronnades pétaradantes de ce chat-huant qui se prend pour un foudre de guerre et qui s'est autoproclamé roi du terrain vague, faute de postulants. Pour lui, le Pacha n'est que de l'intox bas de gamme, une grossière diversion pour nigauds effarouchés, un gueulard zélé pas plus crédible qu'une promesse électorale.

Le Pacha remue donc, le cœur gros comme un orage. Il dévisage d'abord les frères Zouj pétrifiés de gêne, puis Clovis dont le dos s'affaisse soudain, ensuite Aït Cétéra ; ce dernier serre les dents, ne sachant comment gratter son bras fantôme qui s'est remis à le démanger.

Après avoir cherché dans le ciel quelque appui, le Pacha rabat le plat de ses mains sur ses genoux, ce qui, dans le mutisme sidéral de la jetée, fait l'effet d'une déflagration.

— Pourquoi il me fait ça ? geint-il.

La question va talocher l'ensemble des têtes basses sans trouver preneur. Depuis le temps qu'on le subit, on a appris à ne jamais saisir au vol la perche qu'il tend. Le Pacha est capable de prendre n'importe quelle preuve de compassion pour un acte d'insubordination.

— Pourquoi ? hurle-t-il, et toute sa figure vibre de rage intérieure.

Comme personne ne réagit, Dib croit saisir la chance de sa vie pour gagner l'estime du patron. Il se racle la gorge, cherche un regard solidaire autour de lui, ne rencontre que des nuques ployées ou des visages opaques, tergiverse avant de se rendre compte que, maintenant qu'il a attiré l'attention sur lui, il ne peut plus se rétracter. Prenant son courage à deux mains, il bredouille :

— Pipo n'est qu'un ingrat, chef. Il mérite pas de te servir de crachoir.

Les narines du Pacha se dilatent d'indignation. Il dévisage le bavard comme s'il le découvrait pour la première fois. Sa pomme d'Adam monte et descend dans son cou, pareille à une offense qu'on n'arrive pas à avaler.

— Qu'est-ce que t'as dit à propos de Pipo, raclure ?

— ...

— T'as dit que c'est un ingrat ? Mon Pipo à moi ne vaut pas un crachoir ? T'as dit ça de *mon* Pipo ?

— Moi, je te laisserai jamais tomber, se dépêche de se rattraper Dib en se mettant à transpirer. T'es plus qu'un dieu pour moi. Ma chienne de vie n'aurait aucun sens si tu me tournais le dos, patron. Quand je prie, c'est vers toi que je m'oriente...

— La ferme ! tonne le Pacha, les yeux exorbités. Est-ce que je t'ai sonné, moi ? Est-ce que je t'ai sifflé ?

Dib s'éparpille comme un amas de feuilles mortes dans un coup de vent.

— Je...

— Boucle-la ! J'en ai rien à cirer de tes prières. T'es rien, t'es nul ; tu n'existes même pas.

Dib se réfugie sous ses épaules, les tripes liquéfiées. Dans son hypothétique repli, tandis que tous les yeux se détournent pour l'isoler et le livrer pieds et mains liés à la furie du patron, il essaye d'attendrir Aït Cétéra dans l'espoir de s'accrocher à quelque chose. Aït Cétéra lui décoche un rictus dédaigneux, ravi de le voir pris à son propre jeu.

Le Pacha ferme son poing enserré dans un gantelet de bourrelier pour signifier au bavard qu'il l'écrabouillerait comme un œuf cru, toise longuement le reste de la bande pétrifiée de peur. Sa pommette tressaute de fureur malsaine. Lorsqu'il s'aperçoit que ses compagnons sont sur le point de mourir d'asphyxie, vu que personne ne respire, il se lève et s'en va.

Aït Cétéra attend que le patron s'éloigne avant d'accentuer le regard torve qu'il écrasait sur Dib.

— Qu'est-ce qu'il y a ? grogne celui-ci en retroussant les lèvres sur une rangée de dents moisies.

— Ton problème, Dib, est que même si ta vie ne vaut pas un clou, tu t'arranges pour occuper trop de place.

— Qu'est-ce que j'ai fait ?

— Tu nous pompes l'air.

— Il y en a pour tout le monde...

— De moins en moins quand tu ouvres ta gueule.

Dib hausse les épaules et se retranche derrière une grimace renfrognée.

Le Pacha boxe dans le vide, shoote dans les cailloux, soulève de la poussière, étrangle une multitude de cous invisibles, renverse un madrier planté sur son chemin. Ses mâchoires roulent dans sa figure comme des poulies. Finalement, las de se dépenser inutilement, il se rabat sur son Palais. Là, de nouveau, devant le plumard qu'il partageait avec Pipo et qui lui semble soudain aussi vaste et désert qu'un reg, son chagrin le rattrape, et il se sent s'effilocher. Il contemple les belles choses qui meublent l'intérieur de la guitoune, les bibelots et l'argenterie amochée trouvés dans les poubelles et que ses hommes lui avaient offerts en signe d'allégeance, les tapis pourris jonchant le parterre, les tableaux crevés accrochés aux tentures et le vieux canapé où il aimait se délasser pendant que Pipo lui préparait à manger... Terrassé de douleur, il se prend la tête à deux mains, tombe à genoux et, la bouche tordue, il éclate en sanglots.

— Piiiiipooo !

Son rugissement se déverse sur le terrain vague telle une catastrophe, tétanisant les êtres et les choses à des lieues à la ronde.

7.

— Alors ? lance Ach à Junior qui revient de la jetée.

De loin, Junior brandit un énorme coquillage, le visage radieux.

— Je l'ai ramassé sur la plage. Tu colles ton oreille dessus et tu entends le bruit de la mer...

Ach renifle si fort que les poils de ses narines en frémissent.

— Je t'ai envoyé m'apporter des nouvelles !
— Quelles nouvelles ?
— Le Pacha...
— Ah !... Le Pacha est resté des heures à se faire du souci sous le soleil, ensuite il s'est retiré dans son trou. Tu l'as pas entendu crier ?... Quand Dib a raconté des *pas mûres* sur Pipo, il a manqué de le bouffer cru.

Ach considère un instant les silhouettes qui s'agitent sur la jetée, revient sur Junior, se gratte le sommet du crâne.

— C'est pas bon, grommelle-t-il. Cette histoire va compliquer la vie à tout le monde. Le

Pacha, quand il est malheureux, il se démerde pour que les autres le soient aussi. T'as réussi à savoir pourquoi il est parti, Pipo ?

— Je te dis que le Pacha était muet comme une cruche. Et ses gars, ils se taisaient. Ils avaient une tête d'enterrement comme le jour où Brahim s'est pendu.

— Tu n'étais pas encore né quand Brahim s'est tué.

— Oui, mais tu m'as raconté... Est-ce que je peux te poser une question, Ach ? Pourquoi il faut absolument que Dib la ramène ?

Ach gonfle les joues, fatigué de devoir sauter du coq à l'âne.

— L'humanité est ainsi faite, Junior. Chacun sa vocation.

Ach s'assoit sur le marchepied du fourgon et se prend le menton entre le pouce et l'index pour gamberger. La situation qui prévaut sur la jetée le chiffonne. La dernière fois où le Pacha avait pété un câble, il avait mis le feu au dépotoir et obligé Dib à nager dans une mer démontée. Il était devenu si odieux que les clochards transitaires avaient ramassé dans la foulée leurs bouts de misère et s'étaient taillés *illico presto* sans se retourner. Des semaines durant, pas un pèlerin, pas un trimardeur, pas un damné ne s'était hasardé sur le terrain vague, et ce fut comme si la Terre entière s'était dépeuplée.

— Et si on sortait notre petite tente jaune, Ach ?

— C'est pas le moment, soupire le Musicien.
— Et quand est-ce que ce sera le moment venu, Ach ? J'vais pas attendre jusqu'à la fin du monde. J'ai qu'une vie.
— Tu ne penses qu'à t'amuser.
— C'est toi qui me disais de profiter de chaque instant. Pourquoi tu retournes ta langue comme une veste, Ach ? Tu me troubles, et j'sais plus quoi penser de moi...
— Ça suffit !

Au ton péremptoire du Musicien, Junior comprend qu'il doit lever le pied. Il pose son coquillage sur un baril couché en travers de la cour, s'essuie laborieusement les mains sur son chandail encrassé de cambouis et baisse la tête en signe de reddition.

— Faut pas me distraire, lui dit Ach, conciliant. C'est très sérieux. Le Pacha est un gros souci. Il va falloir envisager des hypothèses et des solutions.

Junior rentre le menton dans son cou, offensé. Ses vertèbres cervicales se prononcent nettement sur sa nuque. Avec la pointe de sa chaussure, il se met à tracer de petits arcs dans le sable.

— D'accord, cède Ach. Je vais sortir la tente jaune.
— T'es pas obligé, grogne Junior.
— Mais si, j'suis obligé. Quand tu te mets une idée en tête, on te décapiterait que tu n'y renoncerais pas.

Il se fait tard.

Ach et Junior sont étendus sur des nattes, dans la cour, à proximité de la tente jaune. Une lune pleine darde ses lumières sur le dépotoir. Depuis que Mama a cessé d'engueuler son compagnon, on n'entend que la mer cosser le rivage.

— Pourquoi tu dors pas, Junior ? demande Ach qui attend que son protégé ferme l'œil pour pouvoir réfléchir sereinement à ce qu'il doit entreprendre afin de ramener le Pacha à la raison. T'as voulu qu'on dorme à la belle étoile, on couche dehors. Il est tard, et tu veilles encore. Quelque chose te tracasse ?

Junior, qui est allongé sur le dos, les mains croisées sur le ventre et le visage tourné vers le ciel, ébauche une grimace compliquée.

— Je compte les étoiles, dit-il.

— Tu vivras pas assez pour ça.

Junior se met sur un coude et fait face au Musicien.

— Bliss avance qu'il y a autant d'étoiles dans le ciel que de grains de sable sur la plage.

— Bliss est incapable de compter jusqu'à cent. Le milliard, il sait pas à quoi ça ressemble.

— C'est vrai qu'il y a pour chaque personne une étoile, là-haut ?

— En tous les cas, nul n'est foutu de reconnaître la sienne... C'est ça qui te tient éveillé ?

— Pas vraiment. J'ai pas sommeil, c'est tout.

Ach n'est pas convaincu. Il se lève et va uriner dans le buisson. Quand il revient, il trouve Junior toujours appuyé sur son coude, deux lucioles anémiques à la place des yeux. Il n'y a pas de doute, à son front plissé, le Simplet doit se poser des questions auxquelles, visiblement, il ne parvient pas à trouver de réponses. Le visage de Junior est un sismographe ; il trahit aussitôt ce qui lui passe par l'esprit. Cette nuit, les signaux qu'il lance n'augurent rien de bon.

— T'as l'air triste, p'tit gars.

Junior se met sur son séant et tape dans ses mains pour se défaire du sable. Il respire un grand coup et, sans oser affronter son protecteur, il lâche :

— Et si, un matin en me réveillant, t'étais plus là, Ach ?

— Où vas-tu chercher ces trucs de malade ? Tu comptes tellement pour moi, plus que toutes les étoiles dans le ciel, plus que tout au monde. Même dans mon sommeil, t'es dans mes rêves.

Junior est déconcerté. Il se tortille les doigts.

— Je comprends pas pourquoi Pipo est parti, avoue-t-il. Ils étaient comme cul et chemise, le Pacha et lui. Et puis, l'un n'est plus là, et l'autre ne sait où donner de la tête. Pourtant, le Pacha est un dur à cuire. Même un tremblement de terre ne le culbute pas. Et quand j'ai vu dans quel état le départ de Pipo l'a mis, je me suis demandé ce qu'il en resterait de moi, qui suis rien, si tu venais à me laisser tomber.

Ach en a le cœur fendu. Il se dépêche de s'agenouiller devant son protégé et de lui prendre les poignets.

— Le Pacha et Pipo étaient peut-être comme cul et chemise, mais ils étaient *deux*, Junior. Toi et moi, nous sommes une et indivisible personne. C'est pas la même chose. Est-ce que t'as déjà vu un corps se séparer de son âme et continuer de vivre ? Eh bien c'est pareil pour nous. On est faits pour être ensemble jusqu'à la fin des temps. Jamais, Junior, quoi qu'il advienne, tu ne te réveilleras un matin sans me trouver en train de veiller sur toi comme sur la prunelle de mes yeux. Tu compenses ce que le sort m'a confisqué. Tu es ma deuxième et dernière chance, et j'ai pas l'intention d'échouer cette fois.

— Tu me fais mal aux poignets, Ach.

— C'est la preuve que je ne te mens pas.

— D'accord, je te crois. Est-ce que je peux récupérer mes mains, maintenant ?

Ach le relâche, sans cesser de le couver d'une tendresse grandissante.

— Si t'as confiance, chasse ces idées tordues et tâche de dormir.

Junior se masse les poignets endoloris avant de se recoucher. En contemplant le firmament, son front redevient lisse et un sourire lointain apparaît sur ses lèvres. Ach y lit un signe d'apaisement, et se détend à son tour. Il va dans le fourgon chercher son banjo et retourne auprès de son protégé qui ne regarde plus le ciel de la même façon. Une étoile brille plus fort que les autres, et Junior décide qu'elle se fait belle rien que pour lui.

—Et si je te chantais *La Légende de Junior* ?... lui propose le Musicien en taquinant une corde.

— Tu me l'as chantée cent fois.

— On mange bien tous les jours, non ?

— J'vais finir par l'apprendre par cœur, je te préviens.

— C'est pas un problème.

Junior feint de tergiverser puis, complaisant, il consent.

— D'accord mais, s'il te plaît, abrège.

Ach se décrispe de soulagement et se met aussitôt à chantonner en grattant si bien les cordes de son banjo que le silence semble se figer dans le temps :

Junior n'a pas de famille, encore moins de situation. Il est là, et c'est tout. Le reste, il s'en fout. Le regret, il sait pas ce que c'est.

Junior ne bosse pas. Ça ne l'emballe aucunement de perdre son temps à gagner sa vie. S'il rit à l'heure qu'il est, tant mieux, et tant pis s'il doit en pâtir dans l'heure qui suit. Après tout, qu'est-ce qu'un sanglot sinon un rire dénaturé ?

Junior ne croit pas aux lendemains, ni aux gens ni à leur charité. Il a connu Babay cireur de bottes. Aujourd'hui, Babay est cordonnier. La dèche a ses héritiers aussi.

Junior est un homme sensé. Il a divorcé d'avec la vie, d'avec ses appétits et ses conneries. Il n'a ni femme ni enfants. Il est tranquille pour longtemps.

Junior est libre comme le vent. La mer est sa confidente. Le terrain vague est sa patrie. Quand bien même il a peur dans le noir, il n'a que faire des réverbères ; la lumière des étoiles lui suffit.

Lorsque Junior s'éteindra, sur sa tombe on lira :

Il a vécu sans rien posséder
Il est mort sans rien laisser

Et une fois en enfer, sûr qu'il trouvera Babay en train de se plaindre de ne pouvoir chausser ces damnés aux pieds nus.

Ach se déporte sur le côté pour voir son ami que le bûcher cache. Junior est allongé sur le dos, un genou fiché dans le ciel et la bouche grande ouverte. Même s'il a l'air de guetter quelque chose parmi les constellations, Ach sait que son protégé s'est assoupi.

8.

Le jour s'est levé depuis des heures, et Ach continue de fixer le plafond en faisant et défaisant les hypothèses et les démarches susceptibles de sauver le terrain vague de la colère du Pacha. La nuit ne lui a pas porté conseil. Il a imaginé un tas de manœuvres sophistiquées, et aucune ne lui a paru tenir la route.

Allongé sur sa paillasse, les mains derrière la nuque, et l'œil dans le vague, Ach tourne en rond dans son esprit tandis que ses idées fondent au milieu des interrogations.

La chaleur se met à raréfier l'air et à accentuer l'odeur de la ferraille et des savates. En un tournemain, le fourgon se transforme en étuve pestilentielle.

Le Musicien décide de se rendre sur la plage pour gamberger tranquille.

— Je viens avec toi ? lui demande Junior.
— Tu ne bouges pas d'ici, toi.

— J'suis pas Mme Loth, proteste Junior.
— Tu obéis, point barre. T'as voulu qu'on sorte la tente jaune malgré la fraîcheur de la nuit, on l'a sortie. T'as voulu que je fasse la berceuse, t'as été servi. T'as dormi, moi pas. T'as bouffé, moi pas. T'as pas de gros soucis, moi si... Tu me lâches, vu ? J'ai des énigmes à résoudre, et j'ai besoin de ne pas t'avoir dans les pattes pour avancer. L'heure est grave, Junior.

Ach ramasse son paletot, malgré la fournaise, et marche sur la plage d'un pas furibond. En chemin, il aperçoit Bliss accroupi au milieu de ses chiots en train d'observer Haroun. Ce dernier, armé d'une pelle, creuse un large trou dans le sable.

— Qu'est-ce qu'il nous sort encore ? demande Ach en prenant place à côté de Bliss.
— Il a rêvé que Noé et sa clique ont échoué par ici, après le Déluge.
— Sans blague ! Et alors ?...
— Et alors, Haroun est certain que l'arche du prophète gît sous nos pieds.
— Il creuse pour la déterrer ?
— C'est ça. Je lui ai dit que c'est idiot. Il ne veut rien entendre.

Ach reluque Haroun à moitié enfoncé dans le sable, le corps nu dégoulinant de sueur. Le pauvre bougre est comme pris de frénésie. Il a élevé plusieurs remblais autour de lui, et s'acharne à déblayer une bonne partie de la plage, sans trêve et sans répit.

— Je suppose que t'es venu me parler du Pacha, dit Bliss au Musicien.

— On peut rien te cacher... Ce gars est une calamité. Une bombe atomique. Il faut vite la désamorcer.

Bliss siffle sa chienne qui surgit de derrière une touffe de broussailles, se lève en s'époussetant et s'apprête à rentrer chez lui, sa tripotée de chiots gambadant à ses pieds.

— Tu t'en vas ? lui demande Ach.

— J'ai toujours été clair sur certains points, le Borgne. Les autres, c'est pas mes oignons. Qu'ils foutent le bordel ou qu'ils se tiennent à carreau, c'est du pareil au même. Qu'ils s'entretuent ou qu'ils crèvent de mort naturelle, c'est kif-kif. Je veux rester en dehors de ce qui ne me concerne pas.

— Ça nous concerne tous, Bliss. Le Pacha est capable de foutre le feu au terrain vague.

— M'en contrefiche, Ach. Moi, j'ai un coin à moi. J'suis peinard. Si le malheur étend ses vacheries jusqu'à moi, tant pis. Je ramasse mes chiens et j'vais ailleurs. Je ne veux rien, n'exige rien, n'attends rien. Ce que je possède, je l'ai emprunté au dépotoir. S'il me faut le restituer, y a pas de problème. Les routes sauront me rendre ce que les jours me prennent.

Ach n'insiste pas. Il espérait rallier à sa cause un ou deux Horr, et quelques chiffonniers avant de se rendre sur la jetée traiter avec cette meute de soûlards déconnectés et voir de quelle manière ramener le Pacha à la raison ; c'est raté. D'ailleurs, cela ne le surprend pas outre mesure. Sensibiliser des marginaux, les rassembler autour d'une bonne action n'est pas une sinécure. C'est à peine s'ils étaient capables de lever le petit doigt pour leur propre salut. Les esprits retors sont plus difficiles à redresser que les esses de boucher. Ach le savait, mais il lui fallait en avoir le cœur net. Il a tenté ; il a échoué. Maintenant, il va devoir se débrouiller seul car il n'est pas question de renoncer. Le devenir du terrain vague dépend de sa détermination, à lui, de sa sagesse et de son sacrifice. Il est contraint de prendre sur lui, de traverser la barrière rocheuse et de gagner la jetée, c'est-à-dire le « territoire des hypocrites » où il avait juré de ne jamais traîner ses guêtres...

En attendant l'heure de vérité, Ach se contente de regarder s'éloigner Bliss et ses bêtes, avec le dépit d'un capitaine qui voit ses matelots déserter le navire alors que la tempête fait rage.

Einstein s'apprête à tester sa dernière trouvaille scientifique. Exhibant d'une main sa seringue remplie d'un liquide nauséabond et, de l'autre, retenant au sol un misérable lézard effarouché, il prie ses témoins d'assister en silence à l'opération. Sont conviés à l'événement historique les frères Zouj, Clovis et Aït Cétéra, dit le Levier, déployés en cercle autour d'un gros galet sur lequel s'agite la bestiole sacrificielle.

— C'est une découverte révolutionnaire, annonce Einstein. Vous allez voir ce lézard rajeunir à vue d'œil.

— Ça n'a pas marché sur la souris, lui rappelle Clovis de sa voix d'ogre convalescent.

— J'ai procédé à de petites modifications dans le dosage. Et puis, la souris n'était pas vraiment blanche.

Clovis opine du chef et se focalise sur l'aiguille rouillée au bout de la seringue.

— Tu devrais pas lui passer un peu d'alcool sur le corps ? demande Aït Cétéra.

— Je l'ai déjà lavé avec du sérum de ma fabrication, ce matin. Il est nickel, et content. Il se débat d'excitation, pas de peur. Les bêtes ont de l'intuition. Elles savent quand elles sont entre de bonnes mains et quand elles ont affaire à des charlatans.

Clovis veut dire quelque chose, en perd le fil et se ramasse sur ses genoux, les yeux braqués, cette fois, sur le lézard qui, épuisé, commence à espacer ses entortillements.

Einstein marmotte une incantation inintelligible avant d'enfoncer la seringue dans le ventre du lézard. La pauvre bête remue ses pattes de façon bizarre et se raidit, la gueule ouverte. Les témoins se penchent sur le galet et attendent patiemment que le miracle se produise. Au bout de quelques minutes, il ne se passe rien. Le lézard ne bouge pas et les mouches commencent à rappliquer dans un bourdonnement enthousiaste.

— Ton cobaye a clamsé, constate Aït Cétéra.

— Mais non, il est sous anesthésie. S'agit d'une opération très lourde.

— Je te dis qu'il est mort.

Einstein refuse de l'admettre. Il se prend le menton entre le pouce et l'index et se concentre sur le lézard. Ce dernier ne donne aucun signe de vie. Son ventre a viré au gris à l'endroit où il a été piqué.

— C'est encore ce foutu dosage, suppose Aït Cétéra.

— Impossible. J'ai vérifié l'ensemble des paramètres. Ça ne peut pas rater cette fois. On va attendre jusqu'à ce que le cobaye réagisse.

— On n'a pas que ça à faire, maronne Clovis déçu.

— Puisque je vous dis que tout est sous contrôle. Laissez faire la science, bon sang ! C'est pas une baguette magique, la science. Ça demande du temps. S'agit de rajeunissement, putain ! C'est pas de la tarte.

Aït Cétéra se met à s'agiter. Son bras fantôme le démange. Il sollicite Einstein.

— Comment tu expliques que j'ai mal au poignet alors que j'ai perdu mon bras depuis des lustres ? C'est fou, non ? J'ai pas de bras, et pourtant, c'est comme s'il est toujours là. Des fois, j'ai mal au pouce, des fois au coude, des fois j'ai des crampes au poignet alors que j'ai pas de bras.

— Combien de fois faut-il te répéter que ça s'appelle le syndrome de Gasberg ?

— D'accord, mais ça veut dire quoi, le syndrome machin ?

— C'est clinique. Je te brosserais mille tableaux que tu suivrais pas.

— Et pourquoi donc ?

— Est-ce que t'as fait des études savantes ?

— Non.

— Alors comment veux-tu que je t'explique ? T'as pas assez d'instruction.

— Y a pas un remède ?

— J'y réfléchirai une fois que j'aurai mis au point mon médicament de rajeunissement.

Cela réglé, tout le monde se remet à observer le lézard gisant sur le galet.

À cet instant, Dib arrive en poussant devant lui Mimosa dans un état de délabrement avancé.

— Regardez ce que je vous ramène de la décharge, ricane Dib. En plus, il est sobre.

Ah ! Mimosa. Quelle énigme ! Nul n'est en mesure de confirmer s'il était le compagnon, le père, le frère ou le fils de Mama. Ce que l'on sait de lui est strictement ce que l'on voit : un reliquat existentiel insoluble ; un produit social non identifiable, sans traçabilité ni mode d'emploi ; un être tombé au rebut, livré à la tyrannie des jours et à la décomposition éthylique. Petit, déshydraté, le teint terreux et l'œil opaque, il doit peser une quarantaine de kilos, toutes tares comprises. Pas un chicot dans la bouche, pas d'ongles à ses doigts, le visage tailladé par l'usure des peines perdues – bref, une épave à la dérive indissociable des désolations ambiantes.

— Retourne le remettre là où tu l'as trouvé, ordonne Aït Cétéra à Dib. Mama va s'amener et, avec le Pacha, ça va dégénérer. Tu sais combien elle a horreur que son jules s'aventure par ici.

— J'ai soif, se plaint Mimosa en vacillant sur ses ergots de poulet insolé. V'z'avez pas une gorgée qui traîne quelque part.

Mimosa est certes sobre – ce qui est, en soi, une sacrée performance –, mais il garde ses réflexes de soûlard. Il retient son pantalon trop grand pour lui d'une main fiévreuse et s'essuie machinalement le nez sur le revers de l'autre.

Son tricot déchiqueté et crasseux flotte sur son torse famélique telle une vieille serpillière. Il est pieds nus, avec une épaisse croûte craquelée sur les talons, et ses yeux rongés rappellent deux incisions maladroites dans sa face de spectre.

— On n'a rien à te refiler, Mimosa, lui lance Aït Cétéra. On veut pas de problèmes avec Mama. Si elle te trouve parmi nous, elle va soupçonner des coups tordus et, avec les soucis que nous impose le Pacha, ça risque de barder grave.

Mimosa esquisse une série de grimaces pitoyables afin d'attendrir la bande.

— N'insiste pas, vieux. Et rentre chez toi.

Dib se régale de la détresse du pauvre bougre. Il a fait exprès de l'amener sur la jetée pour se payer du bon temps.

— Tu veux renifler le bouchon ?

Mimosa fait oui de la tête.

— Alors dis voir « grotesque ».

— Grotex, essaye Mimosa.

— Gro-tes-que, répète Dib, le pouce joint à l'index dans un rond délicat, en articulant posément chaque syllabe.

— Gro-tex.

— Esclave...

— Exclave.

Dib se plie en deux et, les poings enfouis dans le ventre, rigole à s'arracher la glotte tandis que

Mimosa le regarde d'un air d'abruti, un sourire affligeant sur les lèvres.

— Gigantesque...

— Gigantex.

— Abracadabrantesque.

— Non, non, pas çui-là. Il est trop long, et j'ai pas assez de souffle.

— Essaye « fantasque ».

— Fantax...

Dib se tord de rire en tournoyant sur lui-même et en se frappant les cuisses avec le plat des mains. Sa bouche grande ouverte donne l'impression de chercher à gober un moucheron au vol et ses narines battent de l'aile comme deux volets sous le vent. On voit bien qu'il exagère, que son hennissement est limite-limite, mais il adore faire tout un plat à partir d'un réchauffé. C'est son dada. Lorsqu'il est question de s'offrir la tronche d'un bougre expiatoire, il se découvre aussitôt une vocation transcendante et s'y investit à fond la caisse, quitte à y laisser des plumes.

— Ça suffit ! s'indigne Aït Cétéra. T'as pas honte de malmener ce pôv'type ?... Quand est-ce que tu vas apprendre à bien te conduire... S'il te plaît, Mimosa, rentre chez toi. Mama t'arracherait les oreilles si elle te trouvait là. Tu sais combien elle est mauvaise langue. Elle va penser à des coups pas sunnites et plus personne ne pourra l'arrêter, après.

— Lève l'ancre, Mimosa, grogne Einstein qui n'aime pas trop que l'on chahute ses expériences scientifiques. Allez, allez, casse-toi. On t'a assez vu.

— On t'a assez vu, disent les frères Zouj en écho.

Mimosa se mouche bruyamment, chavire sur place, ensuite remonte son pantalon et retourne dans la décharge en traînant le pied comme un boulet.

L'intrus congédié, on se remet à observer le lézard immolé sur le galet.

— Tiens, tiens, glapit Dib en découvrant Ach derrière lui... Voilà maintenant que le grand poète nous rend visite ?

— Salut, dit Ach d'une voix détimbrée.

— Quel bon vent t'amène ? Ça fait un bail, dis donc. Depuis le temps que tu nous snobes, nous la confrérie des cafards. Qu'est-ce qui s'passe ? Tu t'es trompé de chemin ?

Ach ne fait pas cas des sarcasmes de Dib. Il n'est pas là pour croiser le fer avec un faux-cul doublé d'une grande gueule qui ne se gêne pas pour se mettre à plat ventre afin qu'on lui marche dessus.

Il dit, le menton droit :

— Où c'qu'il est, votre dieu ?

Aït Cétéra montre du menton la guitoune que la brise malmène.

— Il est soûl comme un âne, je te préviens.

— Il est furax ?

— Plus maintenant. Il a tellement gueulé qu'il n'a plus de voix.

Ach se gratte le sommet du crâne, ennuyé. Il a toujours été mal à l'aise sur cette partie du terrain vague. La proximité de ces gens qui se complaisent dans l'inconsistance le dépayse. Autrefois, il s'était évertué à les rallier à sa philosophie, sans succès. Il les avait chantés comme personne, magnifiés à rendre jaloux les idoles, avant de constater qu'ils ne valaient pas le détour. Ces êtres sans relief ni mérite sont, selon lui, l'incarnation de la déchéance la plus crasse. S'ils se maintiennent obstinément à des années-lumière d'une quelconque rédemption, c'est la preuve qu'ils sont déjà morts et finis. Ach sait combien cela le rabaisse de négocier avec des têtes de pioche, cependant il est des causes plus fortes que les principes et les serments, plus importantes que son propre ego – et celle qui consiste à sauver *la patrie* en est la plus noble...

Il tourne plusieurs fois la langue dans sa bouche avant de lâcher :

— Tu penses qu'il accepterait de me recevoir ?

— T'as qu'à lui demander, feule Dib, perfide.
— À mon avis, ce serait pas une bonne idée, dit Aït Cétéra. Le Pacha est dans un sale état. Il ne veut voir personne.
— Il est chiant comme la mort, ajoute Dib.

Aït Cétéra sourcille, offusqué. Il jette un œil affolé en direction de la guitoune.

— Tu parles du Pacha, je te signale.
— Raison de plus, persiste Dib. Si c'était quelqu'un d'autre, je passerais l'éponge. Mais il s'agit du patron. Il devrait faire montre de retenue. Chialer, à son âge, lui, le coriace des coriaces ?... C'est à gerber jusqu'à rendre son lait maternel.
— Il a du chagrin, lui souffle Aït Cétéra.
— N'empêche, il est le boss. Et un boss, quand ça souffre, ça doit rester classe...
— Pourquoi tu vas pas le lui dire en face ? le défie Aït Cétéra.
— Parce qu'on n'est pas en démocratie, avec lui. Il sait rien faire d'autre que cogner et brailler. Moi, j'aurais aimé qu'il se tienne droit dans le malheur. Au moins, de cette façon, quand je m'écrase devant lui, j'aurai pas le sentiment d'être une crotte... C'est qui, Pipo ? La mer à boire ? La fin du monde ? La catastrophe du siècle ? C'est qu'une brebis galeuse pas foutue de se torcher seule. Qu'est-ce qu'il a de plus que toi et moi ? Quand Babay n'est pas rentré de la ville,

est-ce que le Pacha en a fait une affaire d'État ? Il ne s'en est même pas rendu compte. Alors, pourquoi cette galère pour Pipo ? Pourquoi on est obligés d'être malheureux parce que Pipo s'est barré ?... Il est parti ? Bon débarras !...

— Il était indispensable au Pacha, lui rappelle Aït Cétéra.

— Et nous, tiens ? On compte pour des prunes ? Le Pacha ne trouvera pas meilleur sujet que moi. Je suis tout le temps en train de lui lécher le cul, et il me traite comme une merde. Tu trouves que c'est juste, toi ?

— Dib n'a pas tort, dit Ach avec un calme olympien. Pipo est parti, point barre. Le Pacha n'a qu'à se dégotter quelqu'un d'autre. Et le plus vite sera le mieux. Je veux pas qu'il nous complique l'existence. On est bien ici, on est en paix. Personne ne vient voir comment on se démerde pour survivre, et c'est tant mieux. On est entre nous. On lave notre linge sale en famille. Il faut empêcher le Pacha de foutre en l'air notre tranquillité. Est-ce que vous aimeriez qu'il y ait des morts parmi nous ?

— Non, s'écrient Dib et Aït Cétéra en crachant sur leur poitrine pour éloigner les mauvais esprits.

— Est-ce que vous aimeriez que le Pacha mette à feu et à sang le dépotoir jusqu'à ce que la police vienne nous chasser de notre patrie ?

— Pour aller où ?...

— C'est le cadet de leurs soucis, aux flics. Ils ont des matraques et des godasses, et ça leur va très bien. Si nous voulons les tenir loin de nos problèmes, nous avons intérêt à raisonner le Pacha.

— Ouais, mais comment ?

— Trouvons-lui une femme.

— Pourquoi une femme ?

— Ben, c'est plus approprié.

Dib rejette la tête en arrière et, appuyé sur les coudes, il libère un rire si énorme qu'il manque totalement de crédibilité.

— Le Pacha n'aime pas les femmes, Ach.

— Boucle-la, l'interrompt Aït Cétéra.

— Ben quoi ? C'est la vérité. Le Pacha n'a de béguin que pour les mecs. Les nanas, il ignore ce que c'est. En plus, il leur manque l'essentiel.

— Je ne te suis pas, dit Ach.

— C'est pourtant clair. Il manque aux femmes ce que le Pacha cherche chez les hommes. Quelque chose qui se situe au-dessous de la ceinture.

— Boucle-la, s'énerve Aït Cétéra.

— Faut bien que je lui explique.

— Ça va, il a compris. Il n'a pas besoin de topo.

— Quel topo ? s'enquiert Ach.

— Tu vois ? fait Dib. Il pige que dalle... Je veux pas être frontal, Ach, tu dois suivre mon regard. Le Pacha, il aime les hommes, sauf que c'est lui qui a le vent en poupe, si tu permets l'expression. C'est vrai qu'il cogne comme une massue, mais quand il s'agit de ce genre de relations, il est plutôt récepteur qu'émetteur.

— Dib ! s'indigne Aït Cétéra, scandalisé et terrifié à la fois, les yeux rivés à la guitoune. T'as assez débité de conneries pour aujourd'hui. Ma parole, t'es pire qu'une pie. Il va falloir t'arracher la langue, un de ces quat', et te ligoter avec.

Ach médite les propos de l'un et la réaction de l'autre, plisse son œil sain, puis il acquiesce. Il a *compris*.

— N'empêche, insiste-t-il, il faut lui trouver quelqu'un, et sans tarder.

Aït Cétéra se retranche carrément derrière son bras, un doigt dans l'oreille pour s'interdire d'entendre un mot de plus. Il regrette d'être là, à côté d'une mauvaise langue rebutante et suicidaire. Einstein feint de réanimer son lézard, histoire de signifier aux bavards que ce qui ne relève pas de sa science ne le concerne pas. Lui aussi est mal à l'aise. Les œillades qu'il décoche par intermittence à Dib sont fielleuses. Seuls les frères Zouj continuent d'interroger les lignes de leurs mains, perdus dans les brumes de leur autisme.

— Hey ! crie Négus en faction dans sa guérite. C'est pas Pipo, là-bas ?

Une silhouette efflanquée se manifeste au large du terrain vague. Dib, le premier, saute sur ses pattes et laisse son regard d'épervier foncer droit sur le revenant. À son grand dam, il reconnaît l'amant du patron, et sa figure se décompose aussitôt.

— Il ne manquait plus que ça, grommelle-t-il.

Puis, réalisant l'opportunité qui s'offre à lui pour tenter de mériter les faveurs du Pacha, il fonce sur la guitoune en criant :

— Maître, maître, mes prières sont exaucées : Pipo est de retour.

Le Pacha, qui était complètement disloqué sur son matelas, gicle de son ébriété tel un djinn de sa lampe. Pendant trois secondes, il ne parvient pas à se situer. Ses yeux embués font le tour des tentures avant de revenir sur un Dib hystérique. Dans sa tête sous vide, les cris de joie de Dib rappellent un éboulement. Le Pacha l'attrape par la gorge pour le faire taire, l'écrase contre une poutrelle et se met à l'étouffer sans s'en apercevoir.

— T'as dit quoi ?

— Pipo est dehors, patron, crachote Dib en suffoquant. Il est de retour.

Le Pacha le catapulte par-dessus le plumard et se rue à l'extérieur, dégrisé et cotonneux à la fois, comme au sortir d'une éprouvante séance d'exorcisme. Le soleil, en face de lui, l'oblige à porter une main en visière. Lorsqu'il reconnaît la démarche déglinguée de son compagnon, il se cramponne à une tenture pour ne pas s'effondrer. Longtemps, il déglutit en battant des paupières, priant en son for intérieur pour que le revenant soit réel, c'est-à-dire en chair et en os... Au fur et à mesure que l'apparition se précise, le Pacha passe de l'incrédulité au ravissement, ensuite, de la joie à la colère car plus il revient à la réalité des choses, plus le chagrin subi durant des jours et des nuits remonte à la surface avec son lot de douleur et de rancune.

Pipo revient de loin. Bredouille. Hagard. Vidé tel un abcès. On dirait qu'il a marché jusqu'au bout de la terre tant ses genoux peinent à le porter. Le visage poussiéreux, les sandales démaillées, la chemise ouverte sur un ventre violacé, il titube, semblable à un naufragé du désert que seuls les mirages retiennent encore debout. Sur la jetée, Einstein, Aït Cétéra et les autres se mettent à se relever, les uns après les autres, et à se regrouper près du Palais. Personne n'ose hasarder un cri ou un mot. Ils regardent en silence s'approcher le « déserteur » en se rangeant significativement derrière leur patron.

Pipo est au bout du rouleau. Il ne voit aucun gars de la bande. Son attention est axée sur le

Pacha agrippé à un pan de tenture. Il comprend que le patron est heureux de le revoir, en même temps, il sait qu'il n'est pas près de lui pardonner le mal que sa fugue lui a infligé... Quand il atteint la « cour », il s'arrête et attend stoïquement que le ciel lui tombe sur la tête.

Un silence insoutenable écrase la jetée.

Après avoir longuement dévisagé son amant, le Pacha lui demande d'une voix flageolante, presque inaudible :

— Pourquoi t'es parti, Pipo ?

Pipo joint ses mains autour de son visage et reste une éternité à chercher ses mots et à discipliner sa respiration.

Il dit, la gorge nouée :

— Je voulais changer de vie.

Ses propos claquent dans le silence comme des coups de feu.

Le Pacha va chercher au plus profond de ses tripes une bouffée d'air pour ne pas tomber raide. Ses lèvres tremblent sous la poussée d'un sanglot. Il passe et repasse sa main gantée sur sa bouche, fourrage dans ses cheveux embroussaillés, se pince le bout du nez, ne sachant comment gérer la situation.

Finalement, il soupire.

— Pourquoi t'es revenu ?

Et Pipo, à bout portant :

— Parce que ma vie, c'est toi.

Et c'est comme si, d'un coup, les nuages dans le ciel, les grisailles de la terre, les tempêtes des océans s'étaient dissipés. Les masques tombent, les tumultes s'apaisent, et l'embellie des âmes étend sa lumière jusqu'au cœur des rancunes.

Happés par l'amour splendide qui les a conçus, les deux amants se rentrent dedans, pareils à deux étoiles filantes, si fort que leurs corps manquent de se désintégrer.

Ach est heureux.

Assis sur le marchepied de son fourgon, il contemple le grand feu illuminant la jetée. La bande à Pacha fête le retour de Pipo. Les choses sont rentrées dans l'ordre. Plus de chagrin, plus de martyre, plus de menace ; le terrain vague a recouvré sa quiétude. Et Ach est soulagé. Rarement le soir ne lui a semblé aussi beau, rarement le souffle de la mer ne lui a apporté autant d'apaisement.

Recroquevillé devant la tente jaune, Junior regarde le grand feu se déhancher sur la jetée. Il n'est pas content et il n'arrête pas de mitrailler les alentours de soupirs claironnants.

— Franchement, grogne-t-il à l'adresse du Musicien, c'est pas sympa. Tu me soûles avec tes histoires de cœur et tout, et quand y a d'la joie quelque part, t'es le premier à m'interdire d'en profiter.

Ach dodeline de la tête.

— *T'as raison. Ça a l'air de s'arranger.*

— *Pourquoi tu m'as retenu ici ?*

— *J'avais peur que les choses tournent mal. On sait jamais, avec le Pacha, et je voulais pas qu'il t'arrive un accident.*

— *Où tu vois des accidents, Ach ? Les gars sont en train de s'amuser et, moi, je m'emmerde à mort.*

— *Je te dis que j'ai eu tort... Demain, s'il y a pas de grabuge, je t'autoriserai à rejoindre cette bande de détraqués.*

— *Je te crois pas. Demain, tu vas encore prendre tes sacrées précautions, et tu trouveras bien un prétexte pour m'empêcher de profiter de la fête. Je te connais... Tu dis une chose et son contraire tout le temps, et je commence à ne plus avoir confiance en toi. Tu te rends compte ? Je serais en train de déconner à l'heure qu'il est, si tu m'avais laissé aller à la fête. Tu peux me dire ce que t'as gagné en me retenant ici ?... Ta laisse, t'aurais pas dû l'offrir à Bliss, Ach. Ta laisse, elle était faite pour moi. Même les chiens, ils restent pas en place. Et moi, le matin, le soir, j'suis cloué là, à ne rien foutre. Est-ce que je suis ton prisonnier, Ach ? Si j'suis ton prisonnier, mets-moi des chaînes. Comme ça, au moins, je serai fixé.*

— *Qu'est-ce que tu racontes, Junior ? T'es pas mon chien et t'es pas mon prisonnier. T'es ma vie, et je tiens pas à te gâcher. C'est pas toi qui es cloué ici, c'est moi qui veille sur toi. Je t'ai pas laissé te rendre sur la jetée parce que je craignais que le Pacha déconne au bout de deux ou trois rasades carabinées. Tu t'imagines dans une mêlée ? T'en sortirais comment avec des coups qui partent dans tous les sens, et des bouteilles qui volent tous azimuts, et des couteaux qui sifflent pour un oui ou pour un non ?*

— Où est-ce que tu vois qu'ils se chamaillent ?
— Très bien, Junior. Demain, je te le promets.
— Pourquoi pas maintenant ?
— Parce que, ce soir, je veux profiter de nous deux. J'ai envie d'être avec toi. Ensemble, on est bien, non ? Et puis, j'suis tellement content que les choses rentrent dans l'ordre.

— Alors, pourquoi on reste dans le noir si t'es tellement content ? On peut très bien s'amuser, de notre côté. On n'est pas obligés d'allumer un grand feu pour s'éclater. T'es musicien, Ach. T'es une fête à toi seul, quand tu veux t'en donner la peine.

— J'suis d'accord, s'enthousiasme Ach en cherchant à tâtons son banjo. On va s'amuser. Y a pas de raison. On va déconner... Qu'est-ce que tu veux que je te chante, Junior ? C'est toi le patron, ce soir. Tu commandes et j'exécute. Alors ? « La légende »... « La chanson des frères perdus »... « Au lendemain »... « Les clodos » ?...

— « *Les Clodos* »... *C'est ma chanson préférée.*
— *Adjugé ! À toi l'honneur, Junior.*

Junior se concentre en se prenant les tempes entre les doigts, bat la mesure du bout du menton, gonfle les joues et se met à faire le tambourin avec sa bouche. Teuv-tec... teuv-tec. *Ach l'encourage de la tête, attend de situer la cadence et s'élance à tue-tête, les cordes de son banjo à fond, comme s'il cherchait à évacuer l'ensemble des doutes viciant son âme :*

>Ils ne sont pas assez cocus
>Pour se mettre la corde au cou
>Ils ne sont pas assez fous
>Pour avoir un patron au cul
>>Les clodos

>Ils sont libres comme le vent
>Du reste, ils n'en ont rien à cirer
>Ils vivent au gré des saisons
>Comme des fauves éclairés
>>Les clodos

>Qu'ils crèvent la dalle hiver été
>Ou qu'ils se soûlent à mort
>Qu'ils aient raison ou tort
>Ils se foutent du monde entier
>>Les clodos

Junior est dans un état extatique. Ses joues gonflées d'air vibrent comme un soufflet de forgeron, mitraillant les alentours d'éclaboussures blanchâtres. Il tambourine à gorge déployée en se tapant dans les mains tandis que la grosse voix d'Ach monte dans le ciel, si énorme qu'elle menace de supplanter le chahut des âges.

II

Il était dans le monde et le monde fut par lui et le monde ne l'a pas connu. Il est venu chez lui [...] et les siens ne l'ont pas reçu.

Jean, 1, 10-11

9.

Une nuée d'oiseaux jaillit des roseaux et s'envole dans un battement d'ailes affolé. Ach se retourne vers le bruit. En tendant l'oreille, il croit percevoir un chuintement, comme la progression d'un chien sauvage au milieu des broussailles desséchées. Il ramasse un caillou et le balance pour éloigner l'intrus.

— Ho ! s'écrie quelqu'un. Ça va pas, non ?

Tout de suite, la figure ratatinée de Bliss surgit au sommet de la dune.

— T'aurais pu t'annoncer, lui reproche Ach. La dernière fois, un clébard m'a piqué un poulet en entier.

— J'suis pas un clébard, fulmine Bliss en se laissant glisser sur le flanc face à l'enclos d'Ach.

Il est en sueur, et son pantalon retroussé par-dessous ses genoux découvre deux jambes squelettiques tailladées et criblées de taches noires.

— Qu'est-ce que tu veux ? Tu n'aimes pas qu'on vienne chez toi et tu te gênes pas de débarquer chez les gens sans y être convié.
— Haroun a la chiasse. Il arrête pas de déféquer à tort et à travers.
Ach ricane.
— Que veux-tu que ça nous fasse, à Junior et à moi ? Qu'on aille lui torcher le cul ?
— C'est grave ! tonne Bliss, et sa salive se rabat violemment sur son menton.
Bliss est quelqu'un de secret. Le cœur cadenassé et la mémoire sous scellés, il passe ses journées à vétiller et ses nuits à dormir d'un sommeil de juste. Personne ne l'a entendu se plaindre ou geindre, mais quand il pique sa colère, ses cris feraient reculer jusqu'aux vagues de la mer.
— Depuis quand tu t'occupes de ton prochain, Bliss ? C'est pas toi qui claironnais que les autres c'est pas tes oignons ?
— Haroun n'est pas les autres.
Il se calme subitement, entrecroise ses doigts dans une étreinte désemparée, renâcle à la manière d'un canasson fortrait et ajoute :
— C'est *gravement* grave. J'ai jamais vu ça. Haroun se vide comme un robinet. Il n'a pas fini de remonter son pantalon qu'il se rassoit pour remettre ça. Ça fait des heures que ça dure. Il a évacué tout ce qu'il avait dans les tripes. Puis il

s'est mis à rejeter du sang. Et là, j'ai dit qu'il y a quelque chose qui cloche.

Ach fronce les sourcils.

— T'es sûr que c'était pas du coulis de tomates ou des trucs de ce genre.

— Faut se bouger, le Borgne. Ça sert à rien de rester ici à jouer aux devinettes. Haroun est esquinté. Il râle et se tord les boyaux. Il est pâle comme le ventre d'un poisson et donne l'impression de ne pas savoir où il est. J'ai vu des chiens malades, aucun ne souffrait autant que lui.

Ach s'arc-boute contre son banjo pour réfléchir.

— C'est vrai, c'est pas normal, reconnaît-il.

— Je l'avais prévenu, raconte Bliss. Je lui avais dit que la décharge n'est plus fréquentable. Pas mal de chats y ont laissé leur peau. Avec la chaleur, la bouffe se décompose. Mais Haroun n'écoute pas. Il n'en fait qu'à sa tête, et il en a pas suffisamment pour se faire une idée sur les risques auxquels il s'expose. Hier, il a ramené une boîte de conserve ramassée dans les ordures. Fallait être aveugle pour ne pas remarquer qu'elle était gonflée d'un côté et rouillée de l'autre. J'ai dit à Haroun qu'il fallait s'en débarrasser. Au début, il a refusé puis quand je lui ai rappelé comment Négus avait attrapé les boutons qui ont failli lui ronger la figure, il a promis de jeter la boîte dans la flotte. Visiblement, il l'a pas jetée. Il est retourné dans sa baraque et il l'a mangée. Toute la nuit, il a hurlé comme un chacal qui se serait pris la queue dans un panier à crabes. Quand j'suis allé lui tirer l'oreille, ce matin, je l'ai trouvé en train de courir d'une dune à l'autre pour se soulager. J'ai pensé que ça n'allait pas durer. Sauf que ça n'arrête pas. Et quand je l'ai entendu râler, y a deux minutes, si épuisé qu'il s'est couché dans sa crotte rouge, j'ai compris que c'était très sérieux. Il a maigri en un clin d'œil. Sa figure est noire comme de la suie.

— Est-ce qu'il a de la fièvre ?

— Il est pas bien, je te dis. Il a des visions. Il dit qu'il voit des gens autour de lui, que sa mère est assise à son chevet et qu'elle le regarde avec un sourire triste.

— Tout ça n'est pas joli, s'inquiète Ach. J'aime pas quand un type commence à avoir la berlue. Ça signifie qu'il est en train de perdre la boule, que le microbe s'attaque à sa cervelle. (Il se lève.) Faut que j'aille voir ça de près.

Junior sourcille.

— J'ai pas fini de bouffer, proteste-t-il. Comment veux-tu que je grandisse, si je finis pas mon repas, Ach ?

— On a une urgence, lui signale Ach.

Bliss toise Junior.

— Quand est-ce que tu vas apprendre à faire la part des choses.

Junior ne comprend pas ce que Bliss entend par « faire la part des choses », mais devine qu'il s'agit d'un reproche sans appel. Il repousse sa gamelle et se lève à son tour, à contrecœur.

Haroun est couché sur des chiffons, la chemise ouverte sur la crevasse ocre qui lui tient lieu de ventre et la tête ceinte d'un foulard. Son visage est une boule de papier mâché, effrayant dans son martyre, avec des joues rentrées, des lèvres olivâtres fissurées de gémissements et deux grands yeux laiteux qui ne savent plus à quoi se cramponner. En entendant arriver ses voisins, il essaye de remuer, sans succès.

Ach s'accroupit auprès de lui.

— T'as vu dans quel état tu t'es mis ? La saloperie que tu as avalée est en train de te bouffer les tripes maintenant.

— Ça sert à rien de le gronder, Ach. Il écoute pas. C'qu'il faut, c'est le tirer d'affaire. Si t'es musicien, c'est que t'es un peu sorcier. Tu trouveras bien une potion magique pour le remettre d'aplomb.

— J'suis pas un sorcier.

— M'en fous. T'es le plus intelligent d'entre nous, et t'es quelqu'un de bien. Forcément, t'es le seul capable de le sauver. Dis-moi ce que je dois faire, et je t'obéirai au doigt et à l'œil. C'est pas que Haroun est mon ami et que je tiens à lui. J'veux juste qu'il survive pour qu'il sache que quand je lui dis de pas toucher à quelque chose, c'est pas des paroles en l'air. J'veux qu'il apprenne à respecter les conseils.

Ach est exaspéré. On lui en demande trop. Pour ne pas rester les bras croisés, il saisit Haroun par la nuque et lui relève la tête.

— On dirait un moineau, s'écrie-t-il. Il pèse moins qu'une plume.

— Qu'est-ce que je dois faire, Ach ? s'impatiente Bliss. Tu veux que je chauffe de l'eau ?

— Pourquoi ?

— Ben, j'sais pas. Pour préparer une tisane, tiens.

— T'as des herbes pour tisane ?

— J'ai des plantes, mais j'ignore à quoi elles servent. De toute façon, on n'a pas le choix.

— T'as raison. Fais chauffer de l'eau et amène-moi tes plantes.

La tisane ne produit aucun effet sur Haroun. Les yeux à demi révulsés et la bouche figée, il geint au milieu de ses chiffons, si laminé qu'il ne parvient pas à battre des cils.

— On va prier, propose Ach.

— Je vois pas c'que le bon Dieu a à voir dans cette affaire, maugrée Bliss avant de céder.

Les trois hommes se rassemblent autour du malade et se mettent à prier en silence, chacun évoquant ses saints avec plus ou moins de ferveur. Le soir les surprend dans cette position, les genoux fichés dans le sable et les mains jointes sous le menton, à remuer les lèvres sur des versets improbables jalonnés de murmures confus et de bribes pathétiques d'incohérence.

— J'ai une idée, dit soudain Bliss. Et si on allait trouver Einstein ?

— Ce taré ? s'indigne Ach. Il contaminerait un fleuve avec ses poisons.

— Oui, et alors ? Il a des recettes miracles et de l'expérience. Il nous indiquera comment soigner Haroun.

— Il a tué toutes les bêtes de la région avec ses saloperies de breuvages.

— Haroun est en train de crever. Est-ce qu'il te faut un dessin ? Il va nous claquer dans les pattes, bordel ! Chaque seconde l'éloigne de nous d'une lieue.

Devant l'inquiétude épouvantable de Bliss et l'état alarmant de Haroun, et n'ayant aucune solution à proposer, Ach abdique. Lui qui espérait ne plus remettre les pieds sur la jetée, le voilà dos au mur. Einstein n'est qu'un fieffé tueur de chiens et de chats sans défense, mais il est le seul à savoir donner un sens au charabia des grimoires et à distinguer une migraine d'un coup de barre.

Dans l'urgence, il est impératif de trouver du talent à un raté, et du génie à un détraqué.

Ach ordonne à Junior de veiller sur le malade, ensuite, le banjo en bandoulière, il invite Bliss à le suivre en direction de la jetée.

Junior regarde les deux hommes s'enfoncer dans la nuit. Lorsqu'ils disparaissent dans l'obscurité il réalise qu'il est seul avec le patient.

— Oui, mais j'suis ni musicien ni sorcier, moi, proteste-t-il.

Haroun se met à frissonner et à balbutier, de plus en plus fort. Il donne des coups de pied dans ses chiffons, repousse la couverture sous laquelle il grelottait et se hisse sur un coude, la figure phosphorescente et les yeux globuleux.

— Allez-vous-en ! crie-t-il en direction d'une dune.

Junior regarde dans tous les sens.

— Y a que moi et toi.

Haroun tend les bras devant lui.

— Fichez le camp !... J'vous connais pas.

Junior écarquille les yeux pour mieux scruter les alentours. Ne décelant aucune silhouette suspecte, il se lève et va faire le tour de la dune.

— Y a personne, Haroun.

— Ils viennent me chercher. J'veux pas les suivre. Chasse-les d'ici. Ils me foutent les jetons.

L'Olympe des Infortunes

— Je t'assure qu'y a personne.

— Mais si, ils sont là, au pied de la dune. Ils se font passer pour des parents. J'ai jamais eu de parents. Je suis né de rien, me suis nourri de chienneries et d'eau de pluie. Je suis le fils de personne. Qu'on me fiche la paix.

— Y a pers...

Junior déglutit. Au pied de la dune, il croit distinguer des ombres. D'un coup, sa nuque se hérisse et des frissons épineux lui griffent le dos. Il plisse les paupières pour se concentrer et, à son grand étonnement, il aperçoit nettement quatre hommes habillés de noir debout à une vingtaine de mètres.

— D'où c'qu'ils sortent, ces types ?

— Ne les laisse pas m'emmener, Junior. Ils me font peur comme c'est pas possible.

Junior cherche autour de lui, ramasse une branche et se met sur la défensive. Les quatre hommes ne semblent pas faire cas de lui. Ils se tiennent droit dans leur costume austère et ne bougent pas. À cet instant précis, une étoile filante descend du ciel et vient s'écraser contre la mer. Une gerbe de lumière s'élève au milieu des flots et se met à s'approcher de la plage. Quand elle touche la terre, elle prend une forme humaine.

— Maman, sanglote Haroun.

C'est une vieille femme accablée, tout en chagrin. Elle remonte la plage vers la dune où les quatre hommes en noir attendent. Haroun se lève au ralenti ; lui aussi se met à rayonner doucement, pareil à une flamme bleue. Sa figure brille dans l'obscurité, et son corps ondoyant se soulève comme dans une lévitation, si transparent qu'on peut le traverser du regard. Il passe à côté de Junior sans le voir et, les prunelles éclatées, il marche vers la femme. Tous les deux, la main dans la main, ils dévalent la plage, marchent sur l'eau et s'éloignent dans les ténèbres jusqu'à ce qu'ils s'éteignent, tels des lumignons soufflés par le vent.

Junior, qui n'a rien compris, demeure bouche bée longtemps après que la nuit a repris possession de la plage. Au pied de la dune, les quatre hommes ont disparu. Il sursaute quand il découvre Haroun inerte au milieu de ses chiffons, les yeux blancs et la bouche grande ouverte.

— Comment t'as fait, Haroun, pour partir avec la dame sans bouger de ta place ? Hey, Haroun... (Il lui prend un bras, le trouve mou et tiédi, sans la moindre réaction, le laisse tomber.) Haroun...

Haroun ne répond pas.

Il est mort.

Bliss propose que l'on enterre Haroun dans son enclos, là où il a toujours vécu. Ach n'y voit pas d'inconvénients. On creuse un trou à l'endroit où se tenait la hutte du défunt, on y dépose la dépouille et on la recouvre de sable de façon à empêcher les chiens errants de la profaner. Ensuite, tout le monde – le Pacha et sa clique, Mama et son Mimosa comateux dans la brouette, quelques clochards de passage – se rassemble autour de la tombe et prie. Même Négus, qui ne croit pas à ces choses-là.

— Tu veux dire un mot, Bliss ? demande Ach. Haroun était ton pote.

Bliss froisse son béret, puis il fait non de la tête.

— À quoi bon ? Il va pas m'écouter maintenant qu'il est mort alors qu'il m'a jamais prêté une oreille de son vivant.

— Il a peut-être changé depuis, fait Junior conciliant.

— Pense pas. Haroun est une tête de mule. Le bon Dieu, il va s'arracher les cheveux avec lui.

Le soir, Ach ne dîne pas. Il choisit de se recroqueviller dans son coin et de faire celui qui n'est là pour personne. La disparition de Haroun l'a beaucoup affecté. Pendant qu'il essaye de ruminer son chagrin, Junior lui raconte pour la énième fois ce qu'il avait vu juste avant que Haroun ne meure : les quatre types en noir debout au pied de la lune et l'étoile filante qui marchait sur l'eau.

— Tu peux pas avoir vu des choses pareilles, Junior, lui dit Ach agacé. Haroun délirait, et c'est pas contagieux.

— Puisque je te dis que je les ai vus comme je te vois. Je m'étais même frotté les yeux à plusieurs reprises.

— C'est pas possible, voyons. Ça n'a pas de sens.

— C'est pas mon problème. J'ai vu ces types, et j'ai vu la femme qui marchait sur l'eau, et j'ai vu Haroun se relever et la rejoindre, et je les ai vus s'éloigner sur les flots jusqu'à ce qu'ils s'éteignent. J'avais pas la berlue, tout de même, et j'avais bouffé aucune cochonnerie.

— Bon, c'est d'accord, t'as pas déliré.

— Tu dis ça pour te débarrasser de moi.

— C'est à peu près ça.

— M'enfin, pourquoi tu veux pas me croire, Ach ? J'étais là, moi. Je te jure que les types, au début, je les ai pas repérés, puis j'ai réussi à les localiser. Ils étaient en noir et ils attendaient comme des bourreaux. Haroun avait la trouille. Il leur disait de s'en aller, et ils l'écoutaient pas. Je rêvais pas puisque je dormais pas. J'suis pas un demeuré.

— Est-ce que je t'ai traité de demeuré ?

— Non, mais tu le penses. Si j'avais touché à la boîte de ration à Haroun, je reconnaîtrais que j'hallucinais. Sauf que j'avais pas avalé de saloperie et j'étais clair dans les yeux et dans la tête. Il s'est passé des choses, hier soir. Des types en noir sont venus, puis la femme, et Haroun les a suivis. J'ai aucune raison de mentir. Personne ne me met de couteau sous la gorge.

Ach cogne violemment sur un balluchon accroché à un bout de tôle.

— Tu serais pas en train de me chercher la petite bête, des fois ? Tu vois pas que j'ai besoin d'être tranquille deux secondes.

— T'as qu'à me croire sur parole, la prochaine fois.

— C'est pas vrai, tu le fais exprès.

— J'ai pas halluciné, Ach. C'est important, sinon je vais croire que, moi aussi, j'ai chopé la maladie de Haroun et que je vais crever. Et j'veux pas crever. Je touche pas aux boîtes de ration louches, j'écoute quand on me parle, et j'ai aucun parent habillé en noir.

Ach fait le geste de déposer les armes et de se rendre.

— D'accord, Junior. On va pas y passer la nuit. Si tu penses que t'as eu des visions...

— Des visions réelles...

— ... Des visions réelles, j'ai pas d'objection. Ça te va comme ça ?

Junior retrousse le nez sur une moue. Il est très en colère. Il dévisage son compagnon, renifle et maronne :

— Si j'ai bien saisi, tu t'en fous ?

— Que veux-tu que ça me fasse, bon sang ? s'écrie Ach en s'agrippant au pneu contre lequel il s'adossait pour se lever. J'en ai marre. Si ça t'amuse de voir des éléphants roses à chaque bout de champ, rince-toi l'œil comme bon te semble, mais, de grâce, lâche-moi.

— C'étaient pas des éléphants. Qu'est-ce que tu racontes ? C'étaient des gens comme toi et moi... Pourquoi tu me largues ? Je te fatigue ?...

Ach est à deux doigts d'imploser.

— Décidément ! fait-il en tirant furieusement sur sa barbe... Le mieux est que j'aille me dérouiller les jambes et les idées... J'vais marcher un peu sur la plage.

— Je viens avec toi ?

— Non ! riposte Ach, péremptoire. . Tu me cacherais la mer.

10.

C'est la nuit.

Les mouettes disparues, les bruits se sont rétractés.

La plage paraît se recueillir et la litanie des vagues a quelque chose de dérangeant. On dirait que la mer s'est découvert une conscience et qu'elle se lamente sur les millions de naufrages qu'elle a provoqués.

Au loin, par intermittence, le phare échappe aux étreintes du brouillard. Semblable à un noctambule cherchant sa voie au bout de sa lanterne, il regarde de tous les côtés et il n'avance pas.

Ach est assis en fakir, les mains sur les genoux. Les flammes du bûcher font courir sur son visage de prophète déchu d'insaisissables feux follets. Attentif au clapotis grignotant le cœur de l'obscurité, il ne dit rien.

En face de lui, englouti sous son manteau pourri, Junior observe un énorme insecte en transe au milieu des étincelles.

Ach est en communion avec on ne sait quoi, opiniâtrement retranché derrière son mutisme. Parfois, une braise éclate et manque de l'atteindre, il ne bronche pas ; il écoute la vague lécher le rivage et il se tait.

Junior trouve que le Musicien en fait des tonnes. D'accord, *les Horr perçoivent de la musique dans chaque fracas*, sauf qu'il ne faut pas abuser. Les excès finissent par fausser jusqu'aux saintes vérités, et après on ne sait plus à quel diable se vouer... Exaspéré, il s'empare d'une barre de fer et ramène quelques braises isolées au milieu du feu. Ses gestes sont chargés de colère intérieure.

Depuis que le soleil s'est couché, Ach n'a pas dit un traître mot. Il est là, renfermé sur lui-même, pareil à un vieil ours empaillé, et rien autour de lui ne paraît l'interpeller. Il n'a pas soupé ni touché à son banjo et, chaque fois qu'il lève les yeux au ciel, il a l'air de tenir rigueur, une à une, à toutes les étoiles qui s'y trouvent. Junior ne se souvient pas de l'avoir vu aussi abattu. C'est vrai, la mort de Haroun a été brutale, mais Ach est poète. N'est-ce pas lui qui chantait que la vie n'est qu'une épreuve absurde, qu'elle ne vaut guère le détour et que c'est bien qu'elle ait une fin ; et que puisqu'on vient au monde contre son gré, autant le quitter sans regret ?... D'habitude, lorsqu'il se fichait des hauts et des bas, Ach avait du panache, et son visage évoquait une torche. Mais ce soir, le visage d'Ach est un morceau de ténèbre que la lumière du bûcher répugne à effleurer... Junior est embêté car il a le sentiment que l'homme en face de lui est un inconnu.

— J'suis pas un mur, dit-il à voix basse.

Ach se détourne et contemple un coin de la nuit.

Junior pilonne une grosse braise avec férocité en grognant :

— Quand est-ce qu'il va se lever, cet enfoiré de soleil ?

Ach gonfle les joues. Les reproches de son protégé ne font qu'accentuer sa douleur, en même temps il s'en veut d'étendre son chagrin jusqu'à lui. Il sait que les humeurs de Junior dépendent des siennes et que lorsqu'il est mal, l'autre l'est doublement.

Junior se ceinture les genoux, repose son menton sur ses bras et laisse courir son regard sur l'eau frissonnante de la plage.

Un silence exaspérant s'installe autour des deux hommes.

À bout, Junior hasarde :

— C'est comment le paradis, Ach ?

À son grand soulagement, le Borgne lui répond, flapi :

— Personne ne m'y a invité.

Cela suffit pour enthousiasmer Junior qui enchaîne :

— Mais t'as une petite idée.

— Je suppose que c'est un bled chouette où l'on se la coule douce aux frais du Seigneur.

— C'est c'que je pense, moi aussi... Et l'enfer, Ach ?

— Une double peine.

Junior ne saisit pas l'allusion et n'en exige pas plus. Ce qui lui importe est de faire réagir le Musicien ; et il a réussi. Quant à l'enfer, il sait depuis longtemps que ce n'est pas un endroit recommandable. Selon Bliss, il y fait tellement chaud que les cris des damnés flambent dès qu'ils dépassent le contour de leurs lèvres.

— D'après toi, Ach, Haroun est au paradis ou bien en enfer ?

— Ce qui est certain, c'est qu'il est sous terre.

Junior acquiesce et marque une pause. Il cherche d'autres questions susceptibles de relancer le Musicien, n'en trouve aucune. Dans sa tête, les idées vont et viennent comme des bancs de poissons. Un moment, il perd le fil et ne se rappelle même plus de quoi il parlait... Soudain, il sursaute, faussement enjoué.

— Tu ferais quoi, Ach, si t'étais le bon Dieu ?

— J'suis pas le bon Dieu.

— D'accord, mais admettons. Tu ferais quoi ?

— Que veux-tu que je fasse ?

— C'est pour ça que je te le demande. T'es un gars sympa. T'as du sentiment pour les moins que rien et tu blaires pas les vilains. Tu réagirais comment si t'étais le bon Dieu ? Parce que lui, il bouge pas le p'tit doigt. Il laisse les choses s'envenimer, et quand ça merde grave, il fait celui qui n'est pas là. Alors, les méchants en profitent pour écraser les innocents, et les innocents, ils font pitié et personne ne compatit.

Ach écarte les bras en signe d'impuissance.

— Il est quand même le bon Dieu, lui signale Junior. Il peut très bien remettre de l'ordre dans ses affaires.

— M'est avis qu'il a claqué la porte depuis des lustres.

— C'est-à-dire ?

— Ben, il veut plus entendre parler de nos foutaises. Sûr qu'il pensait que les gens étaient moins crétins avant de s'apercevoir que c'est pas le cas. Il a envoyé pas mal de prophètes, pas mal de miracles et pas mal de bouquins pour que les gens s'éveillent à eux-mêmes. Résultat, c'est comme s'il prêchait dans le désert. Forcément, il jette l'éponge.

— Pourtant, y en a beaucoup qui prient et qui restent honnêtes.

— Justement, y a trop de croyants qui le font chier. Les musulmans, les chrétiens, les juifs, et un tas d'énergumènes qui, au moindre pépin, se l'accaparent et refusent de le lâcher. Un bon Dieu, c'est comme un préposé aux postes. Si on le charge tout le temps, il finit par péter un câble. Il a dû péter un câble, le bon Dieu, et il s'est retiré sur une planète inconnue pour s'offrir une cure.

— Je le croyais plus coriace.

— Seule la bêtise est increvable, Junior. Tu t'rends compte ? Si on refilait un sou à chaque con sur terre, on ruinerait tous les empires du monde. Depuis la nuit des temps, les gens s'entrebouffent copieusement. Ils savent rien faire d'autre. La paix n'est qu'une trêve pour eux, et elle consiste à peaufiner les représailles, les coups fourrés, les guerres et le malheur, et Dieu se sent coupable du merdier que nous sommes les seuls à rendre possible.

Junior médite les propos du Musicien en hochant doctement la tête.

Après avoir remis de l'ordre dans le bûcher, il revient à la charge.

— Tu ferais quoi à sa place, toi, Ach ?

— Rien...

— Comment ça, rien ?

— À quoi ça servirait ? Les gens sont des têtes de mule.

— Et moi ?... Est-ce que tu me protégerais ?

— Contre qui ?... Le bon Dieu, c'est d'autres responsabilités, Junior. Il peut pas s'occuper d'un seul bonhomme quand des milliards chahutent ses projets.

— Tu as dit que tu me protégerais quoi qu'il arrive.

— Moi, oui... Mais avec une casquette de bon Dieu, c'est pas la même chose. Je crois que je me serais retiré sur une autre planète, moi aussi.

— Pas toi, Ach. T'as trop de cœur pour te barrer... T'as toujours une longueur d'avance et tu laisserais pas tomber les copains.

— J'suis pas sûr, Junior. Si j'étais le bon Dieu...

Il se tait brusquement.

Junior attend la suite ; elle ne vient pas. Ach est soudain agité comme une houle. Ses mâchoires roulent dans sa figure et sa barbe rappelle un orage en gestation.

— Est-ce que je t'emmerde tant que ça, Ach ?

— J'irais pas jusque-là, mais t'es pas loin.

Junior ploie davantage le dos et son menton glisse piteusement entre ses bras. Ach comprend qu'il l'a blessé. Avec lassitude, il remue sa carcasse et raconte :

— Si j'étais le bon Dieu, je finirais par me manifester pour mettre un terme à la pagaille qui sévit sur terre. J'irais trôner en haut de l'Himalaya ou bien sur le Kilimandjaro pour que tout le monde me voie et je dirais crûment aux hommes leurs quatre vérités. Je leur dirais combien ils commencent à me taper sur le système, que ma patience a ses limites, qu'il faut être cinglé à bouffer son chapeau pour choisir, d'entre les maux, les pires et d'entre les remèdes les moins efficaces. Je déroulerais devant leurs yeux l'histoire de l'Humanité pour qu'ils s'aperçoivent à quel point leur délire dépasse l'entendement : que de guerres et de misères, que de larmes et de sang comme si les trucs sympa que j'ai conçus autour d'eux ne suffisaient pas à leur bon plaisir, comme s'il n'y avait rien d'autre à entreprendre que se bousiller allégrement à chaque bout de génération. Je leur dirais basta ! Puis, je cognerais de mon poing sur les cimes des montagnes de façon à déclencher une avalanche comme personne n'en a encore jamais vu. Aux rescapés terrifiés, je leur recommanderais de se tenir à carreau parce que j'en ai jusque-là de leurs fumisteries. Une fois l'abcès crevé, je remonterais dans mon ciel et dresserais des nuages autour de mon olympe pour qu'on me fiche la paix. Plus jamais je ne ferais confiance aux bergers, aux seigneurs, aux braves ni aux ermites et n'élirais mes prophètes que parmi les pompiers.

Ach a fini, essoufflé, vidé de ses démons, la figure congestionnée et les narines papillotantes. À croire qu'il a piqué un sprint endiablé à travers les dunes qui s'encordent d'un bout à l'autre de la plage. Les commissures de sa bouche débordent d'écume et son œil sain rappelle celui d'un cyclope qui se serait pris le doigt dans la gueule d'une hydre.

Junior est sur un nuage, les prunelles en fête et le sourire aussi vaste qu'une baie. Il contemple son protecteur comme un misérable qui tomberait nez à nez sur son saint patron un jour de grande prière.

— Wahou ! J'adore, exulte-t-il en tortillant de bonheur ses petites mains grisâtres... Tu pètes le feu, Ach, et si t'étais l'enfer, je me ferais damner sur-le-champ... C'est comme ça que je t'aime : quand tu rappliques sur tes grands chevaux, le monde entier te suit, pareil à des casseroles à l'arrière des bagnoles de jeunes mariés.

Il contourne le bûcher et va s'agenouiller devant le Borgne, intenable de joie et de gratitude, heureux de récupérer *son* Ach en entier.

— Lorsque tu te tais, lui avoue-t-il la gorge crépitante de trémolos, je ne m'entends pas respirer. Je suis si malheureux que j'envie Haroun d'être là où il est.

Ach lui ouvre ses bras, et Junior se fait tout petit pour se diluer contre la poitrine hospitalière.

— Pardonne-moi d'avoir été distrait ces derniers temps. C'sont des passages à vide, des sortes de blancs qui t'isolent un peu. On n'y peut pas grand-chose. Est-ce que tu m'en veux ?

— Plus maintenant, Ach. Et, s'il te plaît, ne me laisse plus de côté comme les économies d'un radin, parce que ça me tue.

— Je tâcherai.

— Promis ?

— Promis.

Et ils se jettent dans les bras l'un de l'autre pour faire bloc.

11.

En marchant sur la falaise, avec l'horizon en guise de théâtre opérationnel, Négus a le sentiment de conquérir une contrée à chaque foulée ; son ombre court devant lui telle une garde prétorienne. Il parade, le pas martial et les prunelles étincelantes, persuadé que le ciel n'a d'yeux que pour lui. Quelquefois, il s'arrête au sommet d'une dune, écarte les bras pour contenir la brise et pousse un cri à hérisser les poils des chiens errants tapis dans les parages. Ensuite, vidé de cette chose insondable qui lui amoche habituellement la mine, il fonce droit sur ses compagnons d'infortune en train de sombrer dans le coma éthylique au bord du Grand Rocher.

Le Pacha trône sur son siège de corbillard – que Dib a transporté à bras-le-corps du Palais jusqu'à la falaise pour montrer au patron combien il le vénère. Depuis le retour de son amant, il s'est assagi et n'engueule plus personne. Ce matin, il a mangé comme quatre, sifflé à tire-larigot deux bouteilles de gnôle et, l'œil dans les vapes, il contemple la mer comme un sultan les verts pâturages de son royaume. À ses pieds, tendrement blotti contre sa cuisse, Pipo chavire de somnolence, bercé par le roulis des vagues. Autour d'eux s'articulent, les uns bigles d'ivresse, les autres à deux doigts de gerber, Clovis, Aït Cétéra, les frères Zouj, Einstein, Dib, Junior qui a réussi à fausser compagnie au Musicien, et trois chiffonniers que le hasard a largués là simplement parce qu'il ne savait quoi faire d'eux... Tout ce beau monde se laisse fouetter par le vent, attendant du large quelque divine manifestation.

Einstein, qui s'est défait de ses vêtements, farfouille fiévreusement dans sa sacoche, une perle au bout du nez. Il ne se souvient pas où il a rangé les recettes de sa dernière potion et soupçonne un envieux de les avoir chipées. Quand Négus s'arrête à sa hauteur, il rabat aussitôt les sangles de son sac et serre jalousement contre lui son trésor de paumé.

Négus le toise avec pitié.

— Un peu de tenue, bordel, lui dit-il. T'as l'air d'un arbre en hiver. Il ne manque que la corde pour te pendre.

Dib se penche pour voir si le Pacha s'est assoupi. Constatant que ce dernier est encore éveillé, il susurre :

— C'est fou comme tu ressembles à un empereur, patron.
— Sans blague, lui rétorque le Pacha.
— Absolument, maître. T'as une de ces dégaines, ma parole ! Assis dans ton fauteuil, avec cette splendeur sur ton visage, t'as l'air d'attendre que les dieux viennent te faire allégeance... Si j'étais peintre, j'immortaliserais ta classe sur un tableau que les musées s'arracheraient à coups de millions.

Le Pacha relève le menton, bombe la poitrine ; ses narines se dilatent de suffisance.

— J'suis le roi du monde, décrète-t-il.

Dib s'enthousiasme car il est rare que le Pacha lui prête attention sans le déboulonner dans la minute qui suit. Il avance sur son postérieur de façon à se mettre en évidence, prie Aït Cétéra de se pousser sur le côté pour ne pas lui cacher le patron puis, les yeux sémillants de flatterie, il poursuit :

— T'as même pas besoin de scrutin pour être élu, patron. Tu imagines si le terrain vague était un pays, et nous tes ministres, avec un drapeau, des frontières, et une armée ?... Tu imagines le pied qu'on prendrait ?... Einstein à la tête de la Recherche scientifique, Aït Cétéra au ministère des Anciens Combattants, même s'il a laissé son bras dans un accident de travail, moi, chef du protocole, Pipo ministre de l'Intérieur et des

Affaires locales, et Négus, chef de l'État-Major...

— J'suis bien comme je suis, dit le Pacha...

— Pourquoi pas, patron ? insiste Dib salivant de flagornerie éhontée.

— Négus à la tête des Armées ? Ça va pas ? Avec sa mentalité d'Africain, il me torpillerait d'un coup d'État avant que j'aie fini de prêter serment.

Négus accuse le coup avec classe. Il feint de n'avoir pas entendu, cependant une lueur de convoitise titille son regard ; on le sent fier de constituer une menace potentielle aux yeux du Pacha.

Dib se retourne vers le *militaire.*

— Tu ferais ça ?

— J'vais me gêner, maugrée Négus du bout des lèvres.

Sur ce, il refait face à la mer. Soudain, devant les vagues qui moutonnent dans un déferlement apocalyptique, il se met à voir les flots comme autant de groupes d'assaut progressant dangereusement sur la ville, et lui, à la tête de ces régiments blancs d'écume débarquant du large, le casque brodé d'argent et le sabre en avant, éperonnant son cheval de conquérant, ivre de prouesses et d'épopées.

— Le seul pouvoir qui mérite d'être considéré comme tel est celui que l'on acquiert par la force, déclare-t-il. Ces histoires de scrutin ne tiennent pas la route. Si t'es élu, t'es obligé de rendre des comptes à défaut de tenir tes promesses à la noix. T'as des sondages qui te descendent en flammes, des syndicats qui contestent tes décisions et t'es contraint de battre en retraite dès que les choses débordent. Mais quand tu prends par la force la souveraineté, personne ne vient te casser les pieds. T'es un dictateur à part entière, et tu fais la pluie et le beau temps selon ton bon vouloir. S'il y a des rechignards, tu les expédies au trou jusqu'à ce qu'ils deviennent cinglés, ou tu les écartèles sur la place à titre d'exemple. Les peuples, c'est comme le cheptel. Tu perds de vue une seule brebis galeuse, et les loups te règlent ton compte sur-le-champ. Si un jour, je devais régner, ce serait sans partage et sans charte. Le premier qui n'est pas content, je le passe par la trappe, ajoute-t-il en faisant allusion au Pacha . Putain ! Si toutes ces vagues étaient mes troupes et mes engins amphibies, avant la tombée de la nuit, je ferais main basse sur le pays, les foules m'acclameraient tandis que leurs notables se balanceraient au bout d'une corde sur les principales artères de la ville...

— Et après ? tonne une voix dans son dos.

Surgi d'on ne sait où, une espèce de Moïse surplombe la bande, dressé sur un monceau de galets. Négus croit choper la berlue. Il se pince au sang ; la vision ne s'estompe pas. Bien au contraire, elle se campe davantage sur ses mollets et déploie ses bras dans un large geste théâtral.

— Et après ? répète-t-il. Admettons que ces flots soient tes chars d'assaut et que tu fasses main basse sur le pays... et après ?

Le Pacha fronce les sourcils, à moitié dégrisé.

— D'où c'qu'il sort, çui-là ?

L'homme est un géant emmitouflé dans une sorte de soutane d'une blancheur immaculée. Ses longs cheveux lactescents lui cascadent sur la poitrine, semblables à une coulée de neige. Il a un visage massif diaphane à travers lequel on peut entrevoir les nervures bleues qui le parcheminent, et des yeux si clairs que les rayons du jour ricochent dessus comme sur un miroir.

Il s'approche du groupe, effleurant à peine le sol, la robe aussi remplie de vent qu'une voile.

Les uns après les autres, les compagnons du Pacha se mettent à émerger de leur ébriété. D'abord les frères Zouj, qui se signent simultanément, ensuite Clovis qui se ramasse, effarouché par l'intrus. Aït Cétéra a des fourmis le long de son bras fantôme. Quant à Junior, il est sidéré. Un moment, il se demande s'il ne s'agit pas du type sorti de l'étoile filante, la nuit où Haroun est mort, puis, s'apercevant qu'il n'a pas touché à une boîte de conserve depuis des lustres, il renonce à cette probabilité et se contente de dévorer des yeux ce colosse de lumière, propre comme c'est pas possible, qui semble descendre droit du soleil.

L'inconnu passe une main seigneuriale sur sa barbe avant de laisser son regard azuré taquiner les nuques et défroncer les sourcils autour de lui. Sans crier gare, il rouvre ses bras qui paraissent interminables et s'élance sur un ton homérique qui ne tarde pas à tétaniser l'ensemble de l'auditoire.

— La guerre n'a jamais apporté quelque chose de bon, fait-il à l'adresse d'un Négus médusé. Elle n'a qu'une seule vocation : nous dépeupler... T'entendre la réclamer à cor et à cri, comme une bénédiction, me scandalise... De toute évidence, tu ignores de quoi tu parles... Moi, je sais : j'ai mené des armées jusqu'au bout de leurs forces. J'ai goûté aux saveurs des triomphes, et je leur ai trouvé un arrière-goût amer... À la fin des combats, bardé de médailles et d'éclats d'obus, j'ai été invité à monter sur la tribune pour saluer mon peuple euphorique. En gravissant les marches de mon piédestal, tandis que les anges chantaient mes louanges, je ne percevais que le cliquetis de mes trophées de général. Ils sonnaient plus distinctement que les clairons de ma fanfare. J'étais plus beau et plus fier que tous les héros réunis, car aucun d'eux, à cet instant précis, n'avait mon charisme. Mon bain de foule supplantait l'Olympe. N'étais-je pas celui qui avait gagné les batailles et la guerre, écrit l'Histoire avec le sang ennemi et mis sous scellés les ragots et les calomnies ?... En déployant mes ailes d'aigle pour calmer les clameurs, j'avais la certitude de jeter mon dévolu sur les cœurs et les esprits. Les femmes atteignaient le nirvana rien qu'en levant les yeux sur moi. J'étais l'extase incarnée, l'orgasme du délire et des sacres absolus. J'ignore ce que j'avais dit, ce soir-là. Je crois que je n'avais rien dit du tout. La foule s'entendait vivre à travers moi. J'étais la Victoire des grands et des petits, des veuves et des fiancées, et de ceux qui n'étaient même pas dignes de fourbir mes armes. Les basques de mon manteau de Commandeur claquaient plus fort que l'ensemble des milliers d'étendards pavoisant les boulevards de la cité, et les étoiles de mes galons occultaient celles du firmament. J'étais tout simplement cosmique... Puis la fête s'est calmée, et tout le monde est rentré chez soi. Et une fois seul, dans mes quartiers brusquement désertés, lorsque mon ordonnance s'est retirée, je suis resté debout face à mon miroir, dans le silence abyssal du palais, et je me suis dit : « J'ai gagné, j'ai sévi, j'ai conquis... et après ?... »

Il se penche sur Clovis qui rentre le cou et tonne :

— C'est alors que j'ai compris : la gloire n'est que la preuve que nous restons les otages de nos vanités. Nous dévastons les quiétudes en croyant bâtir des légendes. Nous tombons bas tandis que nous pensons supplanter nos angoisses. Nous régnons sur les décombres comme des vautours sur les charognes...

— Hey ! lui crie le Pacha. T'es qui, toi, pour venir nous casser les pieds avec ton baratin ?

L'inconnu esquisse une révérence chevaleresque et dit :

— Je m'appelle Ben Adam, l'homme éternel. J'ai connu tous les âges, tous les royaumes, les siècles d'or et ceux de la décadence. Je fus troglodyte en faction à l'entrée de ma caverne, un os de monstre en guise de sceptre ; chasseur de mammouths au fin fond des glaces et mangeur de caïmans sur les berges sauvages ; tailleur de pierres sur les nécropoles de l'Assyrie, liseur de sortilèges gravés dans les stèles ; je fus tout et rien, samouraï et baladin, bonze et gredin ; je fus poète, juif errant, fakir, pygmée zélé et pope grec, troufion frileux derrière sa baïonnette, goûteur auprès des pharaons, diseur de bonne aventure à la croisée des chemins, sourcier bororo au large du Ténéré et sorcier raté sans émules ni patrons ; muphti à Samarkand, contrebandier en Amazonie, bourreau parfois et supplicié. J'ai connu les tsars, renversé les titans, magnifié les tyrans et dévoyé les saints. J'ai snobé les divas et rampé devant les putains, séduit les reines, et été cocufié par des eunuques. J'ai monté étalons, vieilles mules, tapis volants, licornes ailées et bœufs fainéants. Mes mains ont caressé la soie, la pierre philosophale, les lames damasquinées et les coupes en cristal ; mes doigts ont réinventé la poitrine des vierges sacrées, la crinière des sirènes et les lèvres frétillantes d'éphèbes consentants. J'ai rêvé comme mille orphelins, et pleuré comme mille veuves, chanté à tue-tête et les chansons paillardes et les oraisons funèbres. Mes épaules, aujourd'hui tombantes, ont soulevé les montagnes. Mes yeux, rongés par les souvenirs et les atrocités du monde, ont souvent regardé plus loin que les prophéties. De génération en génération, depuis la nuit des temps, j'ai vu pousser des empires comme des champignons, et disparaître des civilisations plus vite qu'un tour de passe-passe, mais partout où j'ai erré, régné, sévi... partout où j'ai semé, récolté ou failli... aux cycles des lumières comme aux cycles obscurs, j'ai rencontré les mêmes hommes, aussi fous qu'éblouis, constamment prompts à foutre en l'air leur hypothétique salut...

L'auditoire est hébété. Bouche bée. Hypnotisé. Dans le silence sidéral du Grand Rocher, conjuguée aux roulements des vagues, la voix de l'inconnu rappelle un chant de sirène. Clovis en a la langue qui pendouille ; Aït Cétéra en a le bras fantôme engourdi ; les frères Zouj se tiennent par la main, évoquant deux louveteaux perclus d'effroi, tandis que Dib n'arrête pas de sauter du patron à l'intrus pour voir sur qui va s'abattre la foudre.

L'inconnu dévisage Négus qui s'est retranché derrière une attitude impénétrable, toise Einstein roide de perplexité, puis Junior dont la figure pâlote est virgulée par un immense sourire idiot. Ensuite, ignorant superbement le Pacha, il décrit un arc avec sa main majestueuse et poursuit :

— Sur le terrain vague que voici, il y avait, autrefois, un port phénicien, des maisons coquettes et des marchés foisonnants, et à l'endroit exact où vous êtes en train de vous soûler comme des brutes à coups de mauvais vin et de mauvais sang, il y avait vous, tout à fait vous, c'est-à-dire toi, et toi, et toi, et toi, tous comme vous êtes, arborant la même gueule lugubre tel un masque mortuaire... Je me demande pourquoi, alors que la vie nous enseigne des tas de choses tous les jours que Dieu fait, nous n'arrivons pas à retenir la leçon. Aujourd'hui encore, en vous regardant crever comme des bêtes reniées, je n'ai pas la réponse.

— C'est pas vrai, dit le Pacha, j'hallucine. D'où c'que tu sors, putain ?

Et Ben Adam :

— De la mémoire du Temps... Je suis l'homme éternel... Je vous connais tous, un à un, connais votre histoire depuis les grottes originelles jusqu'aux échafauds du Jour dernier.

— Ta gueule ! l'interrompt le Pacha en se soulevant dans un geyser de bave et de fureur. T'as avalé une radio ou quoi ? Pourquoi tu viens nous faire chier sur notre propre territoire ? T'es sur mes plates-bandes, mon gars. Est-ce que tu sais à qui tu causes, au moins ?

En se levant, le Pacha constate que l'intrus le dépasse de deux têtes, ce qui freine net son élan. L'inconnu est une force de la nature. Avec sa margoulette de concasseur et ses poings taillés au burin dans un bloc de granit, il ne ferait qu'une bouchée de l'imprudent qui se jetterait dans ses pattes.

— Tu restes où t'es, Blanche-Neige, crie pompeusement le Pacha pour couvrir son recul, sinon, je te marche dessus jusqu'à te faire sortir tes tripes par les oreilles... (Il se retourne vers sa bande, la figure tressautant de tics féroces.) Tu le connais, Einstein ?

— Non.

— Et toi, Pipo ?

— Jamais vu de ma chienne de vie.

— Et toi, Aït Cétéra ?
— J'sais même pas quelle langue il parle.
— Moi, je vous connais, tous comme vous êtes, dit l'intrus. Toi, Aït Cétéra, ancien convoyeur qui a perdu son bras en même temps que la face. Un gars splendide. Tu as baissé la garde trop vite parce que tu n'as jamais cru dans ta bonne étoile. Je te connais. Et tu me déçois. Car tu vaux mieux que la loque que tu es devenue... Et toi, Pipo. Tu avais le rêve au bout des doigts et tu l'as consommé à coups de joints. Tu avais le monde à tes pieds, et tu lui as marché dessus. Je te connais, mon vieux. Tu avais ta jolie bouille sur toutes les affiches et tu remuais la foule comme une louche la soupe populaire. C'est parce que tu ne savais pas planer que tu es tombé bas. Et vous, les frères Zouj, deux bêtes foraines nées de l'inceste et de la misère qu'aucun cirque, aucune famille d'accueil n'a voulu recueillir. Je vous connais. Et toi, le Pacha...

Le Pacha extirpe un cran d'arrêt et tonne, pris de panique à l'idée d'être démasqué.

— Un mot, un seul mot sur moi, un tout petit mot, et je jure de te trancher la gorge jusqu'à l'os.

Ben Adam lève les mains à hauteur des épaules pour calmer le jeu.

— Je ne suis pas venu en ennemi.

— Saigne-le, grogne Négus à l'adresse du Pacha. T'as pas compris ? Il dit qu'il nous connaît alors qu'on ignorait jusqu'à son existence. Comment il peut nous connaître, à ton avis ? C'est un espion. Si ça se trouve, il a des dossiers sur chacun de nous. Je crois pas aux coïncidences, encore moins aux histoires de voyant. Je suis sûr que c'est un agent. À ta place, je le passerais par les armes sur-le-champ.

— Je ne suis pas un espion. Je ne vous veux pas de mal. Je suis venu vous sauver de vous-mêmes, vous dire que l'échec relève de la mort, et que tant qu'on est en vie, on a le devoir de rebondir. Regardez ce que vous êtes devenus : des ombres malodorantes, tristes à crever.

— De quoi il parle, cet abruti ? s'écrie le Pacha. De quoi il se mêle ? Est-ce que quelqu'un l'a sonné ?

— Je suis...

— Fais pas chier !... Tu vas déguerpir d'ici, et tout de suite... On est peinards, on demande rien à personne, et tu rappliques comme dans un moulin, sans permission et sans gêne, pour nous casser les oreilles.

— Puisque je vous dis que je viens en ami, dit l'intrus d'une voix fraternelle. C'est la providence qui m'envoie. Je suis la voix de votre salut. Je vous dirai comment remonter la pente, comment vous défaire de cette camisole qui vous retient captifs de la déchéance et du mépris de votre propre personne. Aucun homme n'a le droit de tourner le dos au monde. Son devoir est de faire face à l'adversité, de lui survivre car le sacrifice suprême n'est pas d'offrir sa vie, mais de l'aimer malgré tout. Comment peut-on se soustraire aux bruits des jours lorsque ces bruits sont l'hymne des victoires sur soi ? Comment peut-on se laisser dépérir dans des coins sordides quand il suffit de croire à la beauté pour se renouveler au gré des saisons ? Accepter la dèche est un acte contre nature. Vous êtes sains de corps et d'esprit, et donc en mesure de tordre le cou aux vicissitudes et de repartir de pied ferme à la conquête de vos rêves confisqués, de vos espoirs évincés. Retournez dans le monde, et le monde se refera pour vous... Où sont vos femmes et vos gosses, vos amours et vos projets ? Qu'avez-vous fait de vos ambitions ? Que sont devenus vos aspirations, vos défis, vos serments, vos engagements ?

Le Pacha est sur le point de sortir de ses gonds, mais la corpulence herculéenne de l'intrus le dissuade de prendre des risques. Dib, qui a décelé la petite lâcheté de son patron, tente de lui venir en aide.

— Te prends pas la tête à cause de ce gros con, maître. Il mérite même pas que tu lui craches dessus.

Ben Adam explique :

— Je suis votre seconde chance, mes frères. Mais la rédemption n'est possible que pour les âmes consentantes. Je ne force la main à personne. Je vais sur la plage. C'est là-bas que je tiendrai office. Celui qui veut renaître de ses cendres sera le bienvenu. Je lui dirai comment reprendre goût à la vie.

— La tienne ne tient qu'à un fil, l'avertit le Pacha. T'as intérêt à débarrasser le plancher, hey ! gramophone ambulant.

Ben Adam recule de trois pas, les mains de nouveau à hauteur des épaules pour apaiser les esprits.

— On peut se voiler la face ; cela ne rend personne invisible. À chacun son heure de vérité. Et je suis la Vérité. Votre vérité. Vous pouvez me claquer la porte au nez, me jeter la pierre ou tenter de me semer, je suis condamné à vous rattraper.

Il exécute une révérence pour saluer son auditoire, s'éloigne à reculons ensuite, après avoir dévisagé un à un les misérables qui le regardent avec des yeux grands comme des soucoupes, il pivote sur ses talons et marche vaillamment sur la plage en déclamant :

— Je suis l'homme éternel, celui par qui les drames et les miracles arrivent. Je connais tous les secrets, et toutes les solutions. J'ai mené nations et troupeaux, des vies de prince et des chiennes de vie ; j'ai été gladiateur abreuvé aux sources de mon glaive, le sang des vaincus dans les veines et sur les tempes ; j'ai été exorciste cent fois plus vil que les démons et mes incantations déclenchaient les ouragans ; j'ai été chaman aztèque en haut des pyramides, plus près des astres que les idoles et les esprits ; j'ai été aussi riche que Crésus, aussi pauvre que Job ; j'ai disputé ma nourriture aux chiens et les souverains m'ont mangé dans la main... ; j'ai été prêtre vaudou, vizir de légende, portefaix et menu fretin, trappeur émérite aux trousses des caribous, Sioux indomptable aux portes des Grands Canyons, charmeur de rats et de serpents... J'ai été mormon, la barbe plus vaste que le tablier, je satisfaisais mes épouses toutes les nuits, sans trêve et sans répit, et mes prières étaient faites d'ivresse et de gémissements... J'ai été marchand d'esclaves au souk d'Alger, voleur et saltimbanque à Bagdad, et amant d'hommes enténébrés... J'ai connu toutes les gloires et toutes les joies, les règnes fabuleux et les chemins de croix, et j'ai été même dieu quelquefois... J'ai été tout et pas grand-chose sans jamais baisser les bras...

Sa voix pirouette au vent en une multitude de grelots tandis que ses bras dessinent dans l'air les contours évanescents d'une danse mystique.

Il a fallu attendre que sa vaste silhouette disparaisse derrière les dunes pour que les choses reviennent à la normale sur le Grand Rocher.

12.

Junior s'est levé aux aurores.
Il n'en revient pas.
Traditionnellement, il s'oublie sous la couverture jusqu'à ce qu'Ach vienne le jeter dehors... Mais ce matin, il est heureux d'être debout à l'heure où, sur le terrain vague, même les chiens errants se terrent.
En vérité, depuis qu'il s'est mis au lit, il a attendu le lever du jour en comptant sur ses doigts de taupe les minutes et les heures. Il avait hâte de se rendre sur la plage pour se délecter de la présence de ce personnage haut en couleur, venu d'on ne sait où, et qui parle comme un dieu.
Il ne pense pas avoir capté grand-chose de ces envolées aux accents de diatribes qui ont cloué le bec au Pacha et à sa bande, mais il a adoré. Junior a toujours eu un faible pour la musicalité du verbe et, hier, sur le Grand Rocher, il s'est régalé.

C'est avec infiniment d'enjouement qu'il s'est dépêché de rejoindre la plage pour observer l'Homme Éternel qui a jeté son dévolu sur un bout de crique, derrière le vieil appontement.

Pour le moment, Junior n'a pas le courage de l'approcher. Ben Adam est impressionnant. Son regard est de braise, et sa bouche crache du feu. Junior craint de se cramer comme un fétu de paille s'il venait à l'aborder dans la foulée ; raison pour laquelle il a choisi d'occuper une dune, à une centaine de mètres, et d'épier, de loin, l'étrange bonhomme surgi du soleil.

Ben Adam n'a pas perdu son temps. Il s'entoure déjà d'ouailles. Debout au milieu d'une grappe de vagabonds déguenillés, il donne libre cours à ses sermons qu'il souligne de grands gestes réglés comme du papier à musique. Son auditoire l'écoute avec une attention soutenue. Junior a beau tendre l'oreille, il n'entend que le vent charriant la houle au large.

Vers midi, les désœuvrés se dispersent en silence, soûls de bonnes paroles, et Ben Adam, emblématique dans sa robe aux reflets soyeux, regagne sa grotte, livrant la crique, soudain frustrante, à la nullité des êtres et des choses.

Pour Junior, le rideau est tombé.

À contrecœur, il rejoint Ach.

— Où t'étais passé ? l'apostrophe le Musicien. Je te cherche depuis des plombes.

— J'étais sur la plage, dit Junior exaspéré. C'est interdit ?

— T'étais pas, des fois, du côté de la route à mater les voitures ?

— C'est de l'histoire ancienne. J'ai pas envie de me forer les os du cou.

— À d'autres !... C'est pas dans tes habitudes de te lever à l'heure où l'on conduit les gibiers de potence auprès du bourreau.

Junior hausse les épaules. Il ne tient pas à s'étaler sur le sujet. Cela rendrait Ach envahissant. Et puis, il ne songe qu'à Ben Adam et ne souhaite pas que des interférences chahutent ses pensées pleines de ce personnage sublime, à la voix cosmique et aux yeux crépusculaires, qui sait dire l'Homme mieux que personne et qui, à peine arrivé, restitue au terrain vague ce que la décharge, la pestilence et l'ennui lui ont confisqué... Junior a hâte que la nuit rapplique et que le jour se lève pour retourner sur la plage voir cet être fabuleux rassembler les va-nu-pieds et leur raconter de belles choses dont la portée échappe au commun des clodos et qui n'en demeurent pas moins aussi ragaillardissantes qu'une flopée d'éloges.

Le lendemain, à son réveil, Ach constate que Junior a disparu. Il tâte la paillasse et la trouve froide ; appelle son protégé, en vain. Il sort dans la cour, cherche sous la tente jaune, derrière le buisson-latrines... Volatilisé, le Simplet.

— Il est sûrement sur le bord de la route à mater les tacots, en déduit le Borgne dans un roulement de mâchoires, décidé à l'y rejoindre et à lui tirer l'oreille jusqu'à lui sortir, un à un, les desseins obscurs qui lui mitent l'esprit.

Mais Junior n'a que faire des voitures forcenées qui *courent* dans tous les sens. Il est sagement accroupi sur la dune surplombant la grotte où officie Ben Adam et rêve comme un moineau perché sur une branche. Il est même jaloux de cette nuée de détritivores qui essaiment autour de l'orateur et s'imagine parmi eux, l'ouïe dilatée, à se diluer dans le beau sermon comme se résorbent les soucis dans une bonne cuite...

Le prêche terminé et les « ouailles » parties, Junior prend son courage à deux mains et dévale la dune.

Il fait bon.

La mer est calme et le ciel d'un bleu lustral.

Ben Adam contemple l'horizon pendant un long moment avant de se mettre à arpenter la plage, la crinière au vent. De temps à autre, il ramasse un caillou et le lance sur les flots. Le projectile ricoche plusieurs fois sur la surface de l'eau avant de couler, et Ben Adam paraît accompagner chaque rebond d'une prière... Il est tout simplement splendide.

Junior marche derrière le géant éclairé, gagnant du terrain en catimini. La plage s'écarte devant eux telle une terre promise.

— De quoi as-tu peur ? fait Ben Adam sans s'arrêter.

Junior fait mine de se retourner comme si le colosse s'adressait à quelqu'un d'autre.

— C'est à toi que je parle.

— À moi ?

— Depuis tout à l'heure, tu me suis sans oser m'approcher. Tu crois que je ne t'ai pas remarqué ? Viens à côté de moi. N'aie pas peur. Est-ce que je t'intimide à ce point ?

Junior s'approche en se tortillant les doigts.

— J'voulais pas te casser les pieds.

— Tu ne me déranges pas.

Ben Adam attend que Junior le rejoigne et l'invite à faire quelques pas avec lui. Junior feint celui qui n'est pas troublé. En vérité, il est à deux doigts de hurler de joie. La proximité du colosse lui insuffle un bonheur insoupçonnable. Et puis, cette propreté, ce visage massif et diaphane, cette foulée aérienne, et cette odeur de chair saine, jamais Junior ne les a connus. Il émane du géant une telle sérénité, une telle pureté que le seul fait d'être à ses côtés donne l'impression que l'on touche du doigt le pouls de l'éternité.

— Tu t'appelles bien Junior, n'est-ce pas ?

— Comment tu le sais ?
— Je le sais.

Junior est estomaqué. De nouveau, il se demande si le bonhomme, qui fleure bon le pré au printemps, n'était pas cette vision qu'il avait eue la nuit où Haroun a rendu l'âme.

— Non, lui confie Ben Adam en lisant dans ses pensées. Je suis de chair et de sang.

Junior fait « wahou ! » en son for intérieur. Il est charmé, séduit, conquis. Il doit se pincer pour s'assurer qu'il ne rêve pas. Comment ne pas douter de l'immense honneur d'être devant une telle magnificence ? Ben Adam est une oasis tant le reste du monde est nudité, désert, déréliction. Chaque cheveu blanc sur sa tête conte un souci, chaque ride sur son front est un verset, chaque dent dans sa bouche renferme une sagesse. Junior en est ému aux larmes.

Au bout de quelques foulées, il avoue :

— T'as été classe, l'autre jour, sur le Grand Rocher. Sûr que tu leur en as bouché un coin, au Pacha et à ses gars. Ils en avaient la margoulette jusqu'aux pieds et les yeux plus larges qu'un panneau de réclame... Moi, j'étais bluffé. J'avais la cervelle qui bullait et j'étais sur le point de roupiller d'aise... Je pige que dalle à ce que tu racontes, mais Dieu ! c'que tu causes bien.

— Merci.

— C'est pas pour te caresser dans le sens du poil, je le jure.

— Je n'en doute pas.

— Tu causes si bien que j'ai pas besoin d'être instruit. Je me sens zen dans ma peau.

— C'est parce que tu es un brave, Junior.

— Ah ! ça, oui, j'suis un brave type. Ach dit que, s'il y a un paradis dans le ciel, une place m'y est réservée d'office. J'ai jamais fait de mal à une mouche. C'est vrai qu'elle est chiante, la mouche, mais je respecte la nature.

Après une interminable méditation, et ne parvenant pas à contenir la question qui le taraude depuis deux jours et deux nuits, il ose :

— Dis... t'as pas marché sur l'eau, des fois ?

— Non, mais j'étais là quand le Christ s'est fait clouer sur sa croix.

— Ça a dû être moche.

— Très.

— Quelle idée de planter des clous dans les mains des gens quand même.

— C'est idiot.

— C'est vrai que t'as été roi ?

— Plusieurs fois. J'ai renversé un oncle pour lui chiper le trône. Dans une autre vie, j'ai tué mon propre père pour régner à sa place. J'ai aussi érigé mon royaume sur les décombres d'un pays ennemi, et j'ai exécuté un tsar qui m'avait recueilli orphelin et élevé comme son propre fils. Être roi, Junior, c'est beaucoup de trahison, et beaucoup de cruauté. Mais le plus effrayant des pouvoirs que j'ai détenus est celui de juge. J'ai expédié sur l'échafaud des criminels qui, en fin de compte, n'auront pas détruit autant de vies et de foyers que moi.

— C'était pas ta faute.

— C'est toujours notre faute, Junior. Nous sommes les seuls artisans de notre malheur. Et il nous appartient d'y remédier. Il suffit de se faire une raison. Tu sais ? ajoute-t-il. Il n'est pire crime que la déchéance. Quand je vois ces pauvres bougres qui remuent les poubelles en quête d'une ordure à consommer, quand je les vois se soûler à mort pour ne pas se regarder en face et renoncer aux chances qui, tous les jours, s'offrent à eux, je suis en passe de perdre la foi. La vie mérite ses peines, Junior. Elle vaut le coup d'être vécue. Notre vocation de mortels est de nous relever quand nous tombons, de ne pas perdre de vue l'espoir de se reconstruire. Or, sur ce terrain vague, on a renoncé à tout, et ça me tue.

— Ach dit que c est le meilleur des mondes.

— Ce n'est pas un monde, Junior, c'est un mouroir. Il n'y a rien . ni gosses qui s'amusent, ni femmes, ni lendemains. On est de l'autre côté du miroir et on s'obstine à se tourner le dos.

— Ach dit qu'on en a rien à cirer des gosses, des femmes et de ces trucs de jobards. La *vraie* liberté est ne rien devoir à personne, et la *vraie* richesse, ne rien attendre des autres.

Ben Adam opine du chef. Il ramasse un coquillage et le montre à Junior.

— Tu vois cette chose, Junior ?... Elle a connu des moments de gloire, le vertige du corail, la prédation, la fécondation et la singularité des saisons. Aujourd'hui, elle n'est qu'un bout de n'importe quoi sur lequel on marche sans s'en apercevoir. Parce qu'elle a choisi de ne rien devoir aux autres et de ne rien en attendre, elle a cessé de vivre.

Junior se gratte le sommet du crâne. Il ne situe pas le rapport.

Ils arrivent au bout de la plage. Au détour d'un récif, ils débouchent sur une petite crique. Mama est là, nue de la tête aux pieds, l'eau jusqu'aux genoux. Elle se lave, les nibards en l'air.

— Qu'est-ce que tu vois, Junior ?

Junior se met aussitôt sur le qui-vive. Les questions inattendues l'interpellent plus fort que les remontrances. Se méfiant des réponses crétines, il scrute la crique : étalé sur un amas de pierres, Mimosa sèche au soleil, les bras en croix et la bouche grande ouverte, insensible au siège des mouches. À côté de lui, la brouette est couchée sur le flanc... Junior sait que Ben Adam le teste et qu'il n'a pas intérêt à se couvrir de ridicule. Il passe au peigne fin les alentours, décèle une escouade de chiffonniers embusqués derrière des broussailles en train de se tripoter en se rinçant l'œil sur Mama.

— Ce n'est pas de ce côté qu'il faut chercher, Junior. Reviens sur la première image qui t'a sauté aux yeux.

— Ben, je vois Mama qui se baigne.

— Et c'est qui, Mama ?

— Une voisine. Elle habite au dépotoir.

— C'est plus que ça, Junior... Mama est *femme*.

— Ça se voit, non ?

— Et sais-tu ce qu'est une *femme* ?

— Ben, je crois.

— Non, tu n'en sais fichtre rien. Sinon, tu serais comme ces misérables tapis dans le buisson... Devine pourquoi ces voyeurs, là-haut, sont en train de se gratter... C'est pas à cause de la gale, et c'est pas à cause des morpions... C'est à cause de Mama. Ils fantasment sur elle. Parce qu'ils ne voient pas la voisine du dépotoir ; ils voient une *femme*. Ils salivent sur ses nichons, sur ses fesses, sur ses hanches. Et toi, tu ne vois rien de ce qui les intéresse, de ce qui les fait rêver... Si cette femme n'éveille rien en toi, c'est la preuve que tu es mort.

Junior éclate de rire.

— Je suis peut-être tombé dans le panneau, mais je te suis pas.

— Pose-toi la question : qu'est-ce qu'une femme ? Quand tu auras la réponse, tu auras tout compris.

— C'est quoi une femme ?

— C'est à toi de trouver la réponse, Junior. À toi, et à toi seul.

— Je parie que c'est encore un jeu pour demeurés.

— Tu n'es pas un demeuré, Junior. Tu es plus intelligent que ça, sauf que ça te botte de te faire passer pour ce que tu n'es pas. C'est ta manière de te conduire en enfant gâté. À la longue, tu te prends à ton propre piège. Et c'est là que ça vire au drame.

Quelle promenade !... Pour Junior, plus qu'un voyage initiatique, c'était une épopée. Ben Adam détient un savoir qui dépasse l'entendement. Junior n'assimilait qu'à moitié, souvent de travers, cependant ce n'était pas le sens des propos qui lui importait ; il y avait autre chose derrière les mots, une foi qui aurait donné une portée à n'importe quelle futilité. Et puis, il y avait cette déférence que personne ne lui avait témoignée avant. Junior, pour une fois, avait le sentiment qu'il comptait différemment, que Ben

Adam le *responsabilisait*, le traitait d'égal à égal. C'était époustouflant... C'est donc avec une tête pétillante d'étoiles et la poitrine saturée de joie qu'après la petite balade sur la plage il s'était dépêché de rejoindre Bliss pour lui dire, à chaud afin de n'en pas perdre une miette, tout le bien qu'il pensait de Ben Adam... Mais Ach n'avait pas tort : Bliss gâcherait le bonheur à un otage rendu aux siens.

— C'est un illuminé, ton couillon, tranche Bliss expéditif... Quelqu'un qui croit dur comme fer à la Providence croirait en n'importe quoi. Tu lui dirais qu'il est la résurrection du Christ qu'il tiquerait pas. Bien sûr, il va commencer par jouer à l'effarouché, par faire non des pieds et des mains puis, le soir, en rentrant chez lui, alors même qu'il s'est pas encore défait de son costume à trois balles, il se mettrait devant son miroir et se verrait en robe blanche et des épines plein la tête.

— Ben Adam n'a pas d'épines sur la tête.

— Ça risque pas de tarder puisqu'il a déjà une robe.

Junior en est malade.

Il suffoque.

— T'es chiant comme la mort, Bliss. À part ta chienne, t'as d'égards pour personne. Moi, je viens en ami, avec des intentions nickel, et du bémol à la pelle et, toi, tu me bousilles mon bon plaisir. Franchement, t'es désespérant. Si j'avais su que tu étais borné à ce point, j'aurais continué mon chemin... Ben Adam, c'est un phénomène. Une aubaine. Un cadeau du ciel. Il dit des choses tellement riches en intelligence que tu te surprends à avoir des idées...

— Mon cul ! persiste Bliss insensible au chagrin du Simplet. Le monde ne fonctionne pas de cette façon. Et rien ne redevient jamais comme avant. Il n'y a pas de miracle. Et pas de rédemption. Et s'il y avait une justice quelque part, ça se saurait. Ces histoires de nouvelles chances, de perspectives à la noix ou je ne sais quoi, c'est de la soupe pour forçat. Il y a que dalle, dedans, pas même un bout de chair baignant dans son jus. Juste du pipi de chat chauffé à blanc, et l'illusion d'un repas. N'écoute jamais un type qui prétend que les anges sont plus fréquentables que les démons. Qu'en sait-il ? Il les connaît d'où ?... Il y a qu'une chose de vraie partout où tu vas, Junior : la fatalité !... Et le sort, c'est comme les dés ; quand c'est lancé, c'en est jeté pour de bon.

Junior quitte Bliss en pestant et en boxant l'air. Il jure de ne plus remettre les pieds chez ce rabat-joie bouché et frustrant, qui préfère ses chiots aux hommes, incapable de souffler sur une lueur d'espoir sans l'éteindre.

— À quoi tu joues ? fulmine Ach, accueillant à froid Junior sur le seuil du fourgon.

— J'étais pas sur la route à mater les tacots, rechigne le Simplet encore énervé par l'attitude de Bliss.

— J'en reviens, figure-toi. Et je sais où tu as traîné toute la journée. Qui c'est ce diable avec qui tu t'acoquines ?... Ne me raconte pas d'salades, on t'a vu avec lui sur la plage. Quelle mouche t'a piqué de t'éprendre de cet énergumène ? Il est à peine arrivé chez nous qu'il chamboule nos coutumes.

— C'est pas quelqu'un de méchant. Il pense au bien des malheureux.

— Ah bon ? C'est donc le bon Samaritain ?... T'es bizarre, Junior. T'as comme une blatte qui te trotte dans la cervelle.

— C'est pas une blatte. C'est des questions.

— Tiens, tiens ! des questions ?... Et quel genre de questions ?

Junior dit, à bout portant :

— Pourquoi on n'a pas d'électricité, chez nous ?

Aïe, aïe, pense Ach, désarçonné. Il croise les bras sur la poitrine, penche la nuque sur l'épaule de façon à dévisager de guingois son protégé. Ne s'attendant aucunement à une telle sortie, il cherche à gagner du temps pour remettre de l'ordre dans ses idées. Une fois fixé, il déporte les lèvres sur le côté et riposte :

— Tu me déçois, Junior. Je te croyais plus averti. Est-ce que tu peux me dire ce qu'est le plus beau des lustres en cristal, avec ses dizaines de lampes tape-à-l'œil, devant la lune ? Est-ce qu'il existe lumière plus saine, plus belle, plus généreuse que celle que diffuse, sans disjoncteur ni compteur, la lune ?

— Tu oublies les nuages.

— Il y a des pannes d'électricité en ville, aussi. Et quand ça arrive, c'est la débandade, alors que chez nous, le ciel couvert ne nous dérange pas... Et puis, on a une lanterne.

— Peut-être, mais on n'a pas de télé.

— Cet attrape-nigaud ? Tu sais même pas ce que c'est, la télé. C'est qu'un vulgaire boîtier où des gens, qui ignorent jusqu'à ton existence, viennent déverser leurs frasques et leur morgue chez toi. C'est d'une indécence, d'une inconvenance ! Il faut être débile pour passer son temps à regarder les autres s'éclater sans vergogne ni respect pour les crève-la-dalle tandis qu'on reste à se tourner les pouces et à saliver comme des bourricots sur des carottes en carton... Est-ce que t'as déjà vu quelqu'un mourir électrocuté, chez nous ? Là-bas, tu laisses traîner un doigt sur une prise ou un fil, et t'es court-circuité plus vite que l'éclair... On est très bien avec ce qu'on n'a pas, p'tit gars. Peinards sur toute la ligne. Pas d'ampoules à changer, pas besoin de plombier, pas besoin de concierge. Regarde-moi tout ce luxe dont on dispose gratos et sans engagement, ajoute-t-il en montrant les alentours d'un geste de semeur... Rien n'égale l'écran du ciel sur lequel tu peins tes rêves avec le bout de tes cils, Junior, et rien ne vaut une vue sur la mer lorsque les vagues s'amusent...

Il ramène son bras contre sa poitrine comme on récupère un bien précieux.

Junior ne se laisse pas appâter. Il semble tenir *mordicus* à ses « questions ».

— Attends, attends, lui crie Ach en constatant que sa mayonnaise ne prend pas. Bouge pas, j'arrive.

Il file dans le fourgon et revient avec une casserole remplie d'eau qu'il renverse sur la tête de Junior.

— Hé ! hurle Junior en se pliant sous la douche froide. Ça va pas ?

— C'est pour te laver les idées... Je te lâche du lest une seconde, et tu me reviens en tsunami.

— Pourquoi tu gueules, Ach ? J'suis pas sourd.

— Je gueule parce que tu m'énerves. J'ai qu'un œil, et j'peux pas être après toi tout le temps. Et puis, qu'est-ce que tu lui trouves d'intéressant à ce charlatan albinos ?

Junior est offusqué d'entendre l'Homme Éternel traité de charlatan. Il crispe les poings et se défend.

— C'est pas un charlatan. Il vend pas de philtres, et il promet pas de soigner la goutte. Pourquoi tu le juges sans l'avoir fréquenté ?... C'est un chic type. Il lit dans les pensées et on risque pas de le doubler. Il a tellement roulé sa bosse que plus rien n'a de secret pour lui. Et puis, il sent bon, et il est si propre. C'est pas croyable comme il est propre. Il patauge dans le cambouis avec nous et pas une salissure n'ose se poser sur sa belle robe... C'est pas une preuve, ça ?

— Apparence ! l'interrompt le Musicien... Que l'on soit couvert de hardes ou de soie, on n'est jamais que soi. Et ce type, c'est qu'un escroc. Il squatte l'esprit des gens et cherche à les manipuler. Les chiffonniers m'ont raconté. Il les prend pour des barjots. Comme s'ils étaient encore à sucer leur pouce... Méfie-toi de ce qui brille, Junior. Lorsque ça ne t'aveugle pas, ça te brûle.

Il lui soulève le menton du doigt de façon à coincer son regard et lui dit :

— Sais-tu ce qui rend le vice tentant ?... C'est l'illusoire dont il se revêt...

13.

Ach s'aperçoit qu'il n'a plus d'emprise sur son protégé. Il a beau le tancer, lui expliquer par a + b, le raisonner, peine perdue. Dès le lever du jour, Junior est sur la plage, se substituant à l'ombre du colosse dont la voix de stentor porte plus loin que les canons. Il est scotché à lui, littéralement envoûté. Au début, Ach juge sage d'attendre le retour de Junior pour lui serrer la vis. Mais la vis s'avère être sans fin.

— M'enfin, Junior, essaye Ach avec psychologie. J'suis ton autre moitié, t'as oublié ? Qu'est-ce qui t'arrive ? T'as assez de moi ? Tu le fais pas exprès, des fois ? Je te dis que ce type est mauvais comme la crève, et tu m'écoutes pas. Je te dis que c'est le diable en personne, qu'il est venu nous compliquer l'existence, et tu cours t'éprendre de lui avant que la nuit ne plie bagage. Est-ce que tu mesures le mal que tu me fais ? J'ai le sentiment que tu ne me calcules pas, que tu me méprises.

— Je t'aime bien, Ach. Sauf que Ben Adam, il me plaît aussi. Il a des tas d'histoires, et ça me botte, les histoires. Il a connu la guerre, les rois, les riches... il a même été plusieurs gens à la fois.

— Qu'as-tu fait de mes histoires à moi ? Et de mes chansons ? Et de mes conseils fraternels et pratiques ? Tu étais content quand tu jouais du tambourin avec la bouche pendant que je te sortais des tubes du tonnerre.

— Oui, sauf que je les connais par cœur, tes histoires. Elles sont anciennes et elles changent pas. Ben Adam, il te raconte jamais la même chose. Et puis, y a pas que ça. Ben Adam, il dit des trucs qui te font du bien. Par exemple, il dit que c'est facile de se reconstruire. Je vois pas le rapport avec nous et les maisons, mais ça te fait plaisir d'entendre ça. Il dit que le terrain vague, c'est naze. J'suis pas obligé de le croire, mais ça te change de ce qu'on te bassine depuis des années. Il dit qu'un homme doit se relever quand il tombe. Bien sûr que c'est idiot. Quand je glisse, je me relève. C'est naturel. Mais il le dit avec tellement de panache qu'on passe l'éponge sur le ridicule. Et puis, est-ce que tu sais ce qu'est une femme, Ach ? Eh bien, lui, il sait. Et s'il n'a rien voulu me dire, c'est parce que c'est à moi, et à moi seul, de trouver la réponse. Et quand j'aurai la réponse, j'aurai tout compris.

— Tu auras compris quoi ?
— Comment le savoir puisque j'ai pas encore la réponse.

Ach n'ajoute mot. Ce qu'il redoutait est en train de s'opérer, là, sous ses yeux : Junior est en passe de lui échapper. Déjà, il ne lui obéit plus, lui préférant les sornettes de l'*autre*. À cette allure, il pourrait remettre en question ce qu'il lui enseigne depuis qu'il l'a adopté. Un mauvais présage s'imprime dans le ciel. Ach doit réagir sur-le-champ. Ce « charlatan albinos » a réussi à renvoyer plusieurs clochards dans la ville. Junior est fragile. Il est capable de prendre pour argent comptant les élucubrations les plus fantaisistes et, sans crier gare, un beau matin, il serait parti. Ach le chercherait sur la jetée, dans la crique, du côté du vieil appontement, sur le bord de la route, partout, et il ne rattraperait même pas un bout de trace pour remonter jusqu'à lui... Et rien qu'à l'idée de le perdre de vue deux jours d'affilée, il manque de succomber.

Toute la nuit, il est resté sur le marchepied à tourner et à retourner l'effroyable éventualité.

Les jours d'après, il se contente de suivre de loin son protégé. Junior paraît sur un nuage à l'ombre de son gourou. Et Ach est malade de ne pouvoir rien faire, malade d'entendre Junior rire aux éclats en compagnie de ce semeur de zizanie, malade de se réveiller le matin et de trouver le lit de son « autre moitié » de plus en plus froid.

Ach refuserait peut-être de l'admettre ; n'empêche, il est jaloux !

Un soir, Ach s'effondre. Plus question de subir en silence. Junior semble de moins en moins contrôlable, et Ach a le couteau sous la gorge. Ce « charmeur de nigauds » doit débarrasser le plancher ; il va falloir l'expulser du terrain vague et faire en sorte qu'il ne revienne jamais. Or, seul le Pacha est en mesure de rendre l'opération possible... Ach ira lui dire le danger que Ben Adam fait courir à sa bande et à sa base. Il lui dira que ce diable de manipulateur est en mesure de bouffer la cervelle à Pipo, de l'ensorceler avec ses histoires de rédemption et de le convaincre de changer de vie, de ciel et d'amis ; et Pipo, qui ne s'est pas gêné de fuguer sur un coup de tête, pourrait mordre à l'hameçon et filer sans préavis pour ne plus réapparaître. Et le Pacha aura tellement peur de perdre son amant qu'il se débrouillera pour débarrasser le terrain vague de ce charlatan, et *manu militari*. Ach se frappe dans les mains. C'est exactement ça. Il saura dresser le Pacha, sa bande, et les chiffonniers, s'il le faut, contre ce détourneur d'amis, ce détrousseur de simplets... Pour la troisième fois en moins d'un mois, Ach s'aperçoit qu'il est de nouveau contraint de retourner sur la jetée. Ça lui coûte d'être obligé de négocier directement avec un poivrot sans foi ni loi, qui ne vaut pas un clou et qui se prend pour le roi, mais il n'y a pas d'échappatoire. Entre l'amour-propre et l'amour tout court, on ne choisit pas, on tranche !

Quelqu'un frappe à la portière du fourgon. Des coups brefs et secs. Ach jette un œil par la fenêtre. Le jour se lève. Un troupeau de nuages broute à l'horizon, les flancs ensanglantés.

Ben Adam est debout dans la cour, la mine décatie.

— J'suis venu faire mes adieux à Junior, dit-il.

— Il est pas là. Je l'ai autorisé à passer la nuit sur le Grand Rocher, avec la bande à Pacha.

— Je m'en doutais un peu.

Ach se gratte l'oreille sans oser soutenir le regard de Ben Adam. Il est gêné.

— Tu t'en vas ?

Ben Adam retrousse les lèvres sur un sourire dédaigneux.

— Comme c'est touchant. Tu n'es pas au courant ?... N'est-ce pas toi qui as monté le Pacha et sa clique contre moi.

— Moi ? fait Ach en se tapant la poitrine avec le plat de la main en signe de stupéfaction.

— Qui d'autre ? Tu es allé raconter à ce roitelet de basse-cour que je cherche à dépeupler le terrain vague alors que je cherche seulement à venir en aide à des misérables. Je suis venu les sauver de la décomposition, les éveiller à la vie et aux lendemains qui chantent.

— J'y suis pour rien, se défend Ach. Tu ne représentes ni menace ni rivalité, pour moi. D'ailleurs, est-ce que je suis venu te voir ? Je t'ignorais comme le cadet de mes soucis.

Ben Adam dodeline du menton. Bien sûr, il ne le croit pas. Il le dévisage intensément et lui dit :

— Je te trouve bien arrogant, Ach le Borgne. Pour quelqu'un qui a foutu en l'air son bonheur au profit d'un instant de fléchissement, tu es bien culotté...

Ach se dégonfle aussitôt. Cette espèce de conjurateur a tapé dans le mille. Il a l'air de voir à travers l'ensemble des leurres que l'on déploie autour des secrets les mieux gardés, et Ach a subitement le sentiment d'être nu.

— Mais là n'est pas le sujet, le rassure Ben Adam. Avant de m'en aller, je tiens à te signaler que Junior n'est pas un objet fétiche, ni une mascotte, ni un grigri qui te protégerait contre toi-même, ni ta marionnette de ventriloque, ni ce miroir dans lequel tu te vois *malheureux, pauvre, aveugle et nu...* Junior n'est pas ce que tu veux qu'il soit... Junior est Junior, Ach, il n'est que *Lui*. Sauf que tu refuses de l'admettre. Parce que tu adores mentir, tricher et te voiler la face.

— C'est pas tes oignons.

— N'empêche, j'en ai les larmes aux yeux.

— Tu n'es qu'un semeur de discorde. Tu débarques d'on ne sait où, tu troubles les esprits, démailles les liens qui unissent les uns aux autres, puis tu te retires en laissant le malheur derrière toi.

— Faux !... Je viens dire aux gens qui ont baissé les bras de relever la tête et de chercher au-delà de leurs échecs la chance d'un nouveau départ.

— Personne ne t'a rien demandé. Ici, on a renoncé au nouveau départ. Pour aller où ? Tous les chemins nous ramènent aux mêmes infortunes. Tu crois qu'on n'a pas essayé ? C'est parce que nous avons compris que les dés sont pipés que nous avons arrêté de jouer. Et on est bien, maintenant. On s'est fait une raison.

— Parle pour toi, Ach. Il y a constamment une autre voie pour rattraper le train loupé.

— On te la laisse volontiers. Et bon vent !

Ben Adam hoche la tête, ébauche une moue énigmatique et s'éloigne. Quand il atteint la barrière rocheuse, Ach porte ses mains en entonnoir autour de la bouche et lui crie :

— Tu n'es qu'une raclure dorée, Ben Adam. Un marchand de sable.

Ben Adam s'arrête net sur les rochers. Il reste un instant le dos tourné, la nuque cassée comme si une giclée de chevrotines l'avait traversé de part et d'autre, puis il fait face au Musicien et rebrousse chemin.

Ach crispe les mâchoires et les poings et l'attend de pied ferme, prêt à en découdre.

Ben Adam ne revient pas pour se battre. Son visage ne manifeste ni colère ni agressivité.

— Je suis peut-être une raclure, Ach, mais je ne traîne personne en guise de boulet.

— C'est pour que tu ailles plus vite à ta perte, ironise le Musicien.

— Retiens ceci, le Borgne. Et médite-le autant que tu peux : Junior n'est pas ton animal de compagnie.

Ach recule du buste, outré. Il tonne :

— Junior est mon p'tit frère, et je veille sur lui.

— Mon cul !... Il n'est pas ton p'tit frère. C'est un homme, et il a le droit de vivre sa vie. Qu'est-ce que tu lui proposes, dans ce coin perdu, à part ta misère et ta folie ?

— Il est très bien, ici. Ailleurs, il survivra pas.

— Qu'est-ce que t'en sais ?

— C'est qu'un pauvre sot.

— Il n'est pas sot. C'est toi qui l'empêches de grandir.

Ach s'ébranle de la tête aux pieds, comme sous l'effet d'un électrochoc.

— Moi ? halète-t-il révulsé.

Ben Adam comprend qu'il a frappé au bon endroit. Il en profite pour achever le travail.

— Parfaitement, toi... Qu'est-ce qui t'autorise à le maintenir dans un état aussi lamentable ? Rien... rien ne t'autorise à faire main basse sur cet individu que tu as ravi à son destin et que tu trimballes à travers ta déchéance comme un chiot aveugle.

— Je t'interdis de...

— Holà ! je ne suis pas ton troufion. Tu n'as rien à me dire et rien à m'interdire. Je sais parfaitement de quelle gangue tu as été conçu. Tu n'es qu'un manipulateur éhonté, un amuseur d'asticots. Est-ce que tu devines le un millionième de ce que tu es en train d'infliger à ce pauvre gars ?

— Je l'aime.

— Je doute que tu ressentes autre chose que la honte que tu as pour toi-même. L'amour est partage, Ach, et tu crèves trop la dalle pour laisser quelque chose aux autres... Si j'ai du chagrin pour Junior, je n'ai que pitié pour toi.

Sur ce, il quitte l'enclos, laissant le Musicien planté au cœur de sa cour.

Ach se demande si Ben Adam ne lui a pas jeté un sort.

Qu'il s'isole ou qu'il se réfugie dans ses chansons, la voix du gourou ne le lâche pas d'une semelle. Elle tourbillonne en lui tel un ouragan, le maintient en éveil à des heures impossibles. *Junior n'est pas sot. C'est toi qui l'empêches de grandir...* Pareil à un écho s'éloignant à tire-d'aile, les reproches de Ben Adam s'espacent par moments − *Tu l'empêches de grandir... de grandir... dir...* − avant de revenir au galop, aussi dérangeants que le blasphème... Ach se bouche les oreilles, chante à tue-tête pour couvrir la *voix* à charge ; il n'entend qu'elle... *Junior n'est pas ta marionnette de ventriloque... Junior n'est pas ton ANIMAL de compagnie*, le harcèle-t-elle. Et Ach se sent devenir fou.

Quelle serait la nature de cette toxine que les accusations de Ben Adam ont injectée dans son esprit et qui, d'un claquement de doigts, démaille une à une ses plus coriaces certitudes ?... Ach regarde ses mains et ne comprend pas pourquoi elles tremblent. Il cogne sur tout ce qui se tient à sa portée et s'étonne de ne pouvoir l'atteindre... Qu'est-ce qui a bien pu muter en lui ? Pourquoi, d'un coup, le terrain vague a-t-il cessé de l'inspirer ? Comment se fait-il que, du jour au lendemain, du vieil appontement à la jetée, et du dépotoir à la plage, ces marginaux dont il s'enorgueillissait dans ses *hymnes aux renoncements* ont, sans crier gare, perdu de leur superbe pour ne représenter à ses yeux qu'édifices tourmentés, que monuments délabrés livrés à la sape des démissions ?

Depuis le matin où le « charlatan albinos » est venu lui faire ses adieux, les choses lui échappent. Il n'arrive pas à les situer. Est-ce le chagrin de Junior qui a mal supporté la disparition de son mentor occasionnel ? C'est vrai qu'il a pleuré le premier jour, boudé les deuxième et troisième jours, mais il a repris le dessus et une vie normale. Le matin, il traîne au lit. La journée, il flâne sur la plage. Et le soir, il rentre, lessivé mais heureux. Parfois, il se joint à la bande du Pacha, et Ach feint de ne rien remarquer...

Non, quelque chose d'étrange s'est greffé à sa muse de musicien... une sorte de misère intérieure, comme un vague désistement qui, le soir où les gens de la Ville ont célébré la fête nationale, a pesé si fort sur ses épaules qu'il a manqué de l'aplatir au sol. Pourtant, le ciel foisonnait de feux d'artifice, et la nuit changeait de robe toutes les minutes, et pas une flammèche n'a atteint le noir qui enténébrait les pensées d'Ach. Dans le firmament en liesse, il ne voyait que les reproches incendiaires de Ben Adam s'étaler en gros caractères, fulminer, exploser, s'insurger, bouffer la multitude d'étoiles filantes, semblables aux éruptions de l'enfer.

Et d'un coup, cela fait tilt dans sa tête : cette toxine qui lui vrille le cerveau, qui le rend insomniaque la nuit et hagard le jour ; cette interrogation lancinante et insaisissable à la fois, intense et douloureuse lui livre enfin son secret : elle est cette chose qui nous rabaisse et nous grandit en même temps, ce péché précieux par lequel – et qu'importe la faute – on accède à la rédemption : la Culpabilité !

Et à la minute où Ach s'éveille à sa conscience, tout s'éteint autour de lui.

14.

C'est de nouveau la nuit. La brume étend son linge blanc sur la plage tandis qu'une brise facétieuse hulule au fond des roseaux pour faire croire que l'endroit est hanté. Malgré la pleine lune, quelque chose de lugubre fausse la quiétude du dépotoir. Dans le ciel exsangue, les étoiles font des grimaces par-dessus une mer bosselée d'humeurs massacrantes. Au loin, le phare rappelle un cyclope surplombant la falaise, guettant quelque Ulysse que la tempête aurait dévoyé.

Junior est désemparé. Ach a changé. Il n'arrête pas de grogner, et lorsqu'il lui arrive de chanter, il a l'air d'en vouloir au monde entier... Le plus alarmant : le Musicien n'a pas dit un traître mot depuis le coucher du soleil. Son œil sain est presque aussi éteint que son œil crevé et sa barbe rappelle un saule pleureur. Chaque fois qu'il tente de relever la tête, sa nuque fléchit si vite que son dos en frémit.

— Demain, promet Junior avec un enthousiasme discutable, c'est moi qui sortirai la tente jaune. Je la mettrai face à la mer et je filtrerai le sable autour. Comme ça, quand on s'allongera, on sera pas obligés de se gratter ou de remuer.

Le mutisme d'Ach déçoit sans décourager Junior qui s'enhardit pour surmonter l'inquiétude grandissante en train de s'ancrer en lui.

— T'auras rien à faire, Ach. Je m'occuperai de tout. On aura le soleil plein les yeux, et on regardera plus loin que l'horizon. On n'entendra ni les bêtes ni personne car on sera que nous deux sur terre.

— ...

— T'auras rien à me raconter, tient à préciser Junior. J'sais que t'as pas envie de papoter ces derniers temps, et je te demanderai pas d'histoires et pas de leçons sur la vie. D'ailleurs, tu m'as tout expliqué.

— ...

— Des fois, quand je parle, c'est toi que j'entends. T'es le meilleur des frères, Ach, le meilleur des hommes. Si t'as envie de te taire, c'est ton droit. Quand tu te tais, c'est que tu réfléchis et, moi, je respecte, parce que je sais que c'est important.

— ...

— Tu te mettras à côté de moi sur le sable. On passera nos mains par-dessus la nuque et on matera la mer jusqu'à prendre *la crête blanche d'une vague pour une baleine en train de se marrer*, comme tu dis... Purée ! T'as de ces visions ! Comment tu te débrouilles pour rendre jolis des trucs que les autres ne remarquent même pas ? Moi, j'aurais pas fait le rapprochement entre une trombe d'eau et un cachalot...

— Tais-toi, *Jr*.

Junior est choqué.

C'est la première fois qu'Ach l'appelle *Jr*.

— Ji-èr ?... C'est la meilleure, celle-là... Et depuis quand, tiens ?...

Ach froisse un bout de chiffon. On dirait qu'il cherche à étrangler un serpent. Son bras vibre d'une force effarante et ses lèvres frétillent comme si elles luttaient contre l'évacuation des colères qu'il rumine et qui risqueraient, en une seule giclée, d'engloutir le terrain vague.

Junior rentre le cou, misérablement. Le malaise de son protecteur semble l'exclure de la plage et du reste du monde.

— Il a peut-être pas plus de courtoisie qu'un sanglier, Bliss, mais, avec lui, on n'a pas l'air de s'adresser à un mur...

— Pour l'amour du ciel, Jr, tais-toi, supplie le Musicien.

Junior se dresse furieusement.

— Je m'en vais me défigurer sur l'aile d'un tacot, menace-t-il.

Ach se lève à son tour, exaspéré.

— Inutile de te fatiguer. J'vais le faire à ta place.

Sur ce, il s'éloigne dans l'obscurité, semblable à un paquebot à la dérive, laissant son compagnon planté tel un pieu dans la cour.

Toute la nuit, assis sur un baril, Junior a attendu le retour du Musicien en se rongeant les ongles. Plus le temps passe, et plus il fléchit sous le poids des mauvais pressentiments. Il s'imagine déjà orphelin. Livré à lui-même. Sans personne avec qui parler. Imperceptible au milieu de ce terrain vague qui lui tourne le dos. Atrocement démuni face à cette ville-ogresse qui, de loin, le nargue.

Jamais Ach ne l'avait laissé seul la nuit.

Ach remonte de la plage, à l'aube. Tellement mal en point que Junior s'abstient de courir à sa rencontre. Junior est soulagé certes, mais le chagrin du Musicien ternirait une fête impériale. Il se contente de rester assis sur le baril et d'observer de guingois le Borgne qui a choisi d'occuper une grosse pierre à mi-chemin entre la plage et la *maison*, incapable de décider s'il lui fallait rentrer ou repartir.

Junior sait qu'il ne doit pas brusquer les choses. De toute façon, il ignore quelle attitude adopter. De son côté, Ach ne se rend pas compte du désarroi de son protégé. D'ailleurs, il semble ne se rendre compte de rien. Il fait corps avec la pierre sur laquelle il s'est affaissé... Longtemps après s'être interdit le moindre signe de vie, il repose enfin son banjo et lève un œil chagrin vers le ciel. Le terrain vague a cessé de titiller sa muse. Le roulis de la mer, les senteurs du varech et la sérénité tintinnabulante de la ferraille ne le divertissent plus. Ach a de la grisaille sur la figure. Lui, le poète écorché que d'infimes détails interpellaient, le voilà qui doute de la dévotion des chiens. Ses guenilles lui font honte. La souffrance d'un Horr ne l'émeut plus. Son vieux cœur de banni s'est refermé comme un poing.

Les heures défilent. Le soleil cogne dur. Le sable brûle. Ach n'en a cure. La fournaise l'effleure à peine. Il ne daigne même pas essuyer la sueur qui dégouline sur son front.

Junior n'en peut plus d'attendre. Il s'arrache au baril incandescent, va tourner autour du Musicien, ensuite, mine de rien, il se laisse choir à côté de lui. Il creuse des trous d'une main distraite, s'allonge, fiche les coudes dans le sable et remue significativement les orteils à travers ses savates déchiquetées puis, ne parvenant pas à faire réagir son protecteur, il se remet sur son séant, replie les genoux sous le menton et laisse son regard se noyer dans la mer...

Quand le soleil amorce son déclin, il soupire.

— C'est encore ce foutu passage à vide ?

Ach met une éternité avant de se moucher sur son poignet. À croire qu'il pleurait en son for intérieur.

— J'suis triste, avoue-t-il.

— Ça crève les yeux. Ça va durer jusqu'à quand ? Parce que, moi, j'en ai plein le dos.

Ach se retranche derrière ses soucis.

Junior se lève et feint de s'éloigner.

— J'vais trouver Bliss... J'ai pas envie de tenir compagnie à un type qu'a pas de considération pour les sentiments des autres.

Ach ne fait rien pour le dissuader. Il sait que son protégé n'ira pas plus loin que le rocher à une vingtaine de mètres. En effet, Junior s'arrête à hauteur du rocher et, sans se retourner, il s'applique à piocher dans le sable avec la pointe de ses chaussures.

— Fais pas de chichis, Junior.

Junior hausse les épaules.

— Reviens par ici, tête de mule.

— J'suis pas une tête de mule, grogne Junior uniquement pour sauver la face.

Et il revient.

Le Musicien l'ignore déjà. Il repose la tête contre son banjo et se laisse aller avec les notes qu'il égrène. Loin, par-delà le phare, on peut distinguer les immeubles de la ville. Par moments, on perçoit le tintamarre des rocades.

— Tu t'rappelles l'autre soir, la fête dans la cité ?

Junior fronce les sourcils, à l'affût du piège.

— C'est pas un jeu pour demeuré, le rassure Ach.

Junior se détend un peu et plisse les yeux pour se souvenir.

— La nuit des tas d'étoiles filantes ?

— C'était épatant, pas vrai ?

— Ah ça, oui, c'était pas mal.

Ach redresse la nuque et lisse sa barbe. Il dévisage longuement son protégé, le trouve maigre comme un girofle, pathétique comme tout et lui confie :

— Eh bien, ça a été tout drôle pour moi aussi... comme si je sortais d'un profond coma. D'un coup, ça m'est revenu.

— Qu'est-ce qui t'est revenu, Ach ? J'aime pas le son de ta voix.

Ach respire un bon coup et dit :

— Le passé, Junior, le passé. J'ai revu le patelin où je créchais autrefois, les voisins, les boutiques, l'agent du coin, les jeunes qui frimaient avec leurs bagnoles la stéréo à fond la caisse, les jours de fête et les jours d'enterrement. Je me suis rappelé les détails si minuscules que ça a failli me fissurer le crâne... Puis j'ai revu, un à un, les membres de ma famille.

Junior est ahuri.

— Arrête, Ach, j'vais tomber dans les pommes.

— C'est la vérité.

— Y en a combien, de vérités ? Tu disais que t'avais personne d'autre que moi sur terre...

— Je voulais oublier.

— Tu disais que t'étais un môme de la rue...

— La rue m'a adopté à un âge très avancé, Junior. J'avais perdu une bonne partie de mes dents et j'avais du blanc dans les cheveux quand elle m'a recueilli.

Junior plisse les yeux, certain, cette fois-ci, que le Borgne cherche à le mener en bateau.

— Y a un coup tordu, je le sens. Ne me force pas la main si je veux pas mordre à l'hameçon. Ce serait pas régulier.

Ach le considère avec infiniment de tendresse.

— Sais-tu que j'ai été marié ?

— Pas toi, Ach, s'écrie Junior en se jetant en arrière, la main sur le cœur.

— Je t'assure que c'est vrai.

— À d'autres ! Ces histoires ne sont pas pour toi. T'es au-dessus de ça.

— Pourquoi veux-tu que je sois au-dessus de ça ?

— T'es Ach, et c'est pas donné. T'es pas n'importe qui. T'as tourné ta bosse, bourlingué d'un bout à l'autre. C'est suffisant pour ne pas se mettre la corde au cou. C'est toi qui trouvais archinul de prendre femme, que c'est du délire, que le ménage est aussi mortel qu'un asile de cinglés, que c'est du n'importe quoi...

— Et pourtant, c'est la vérité. J'ai même été papa d'une adorable petite gosse mignonne à ravir. J'avais une maison dans un quartier peinard, et une guimbarde, et un jardin qui donnait sur la rue. Le soir, alors que j'observais les voisins depuis ma véranda, ma femme m'apportait un verre et on restait côte à côte jusqu'à c'que la fraîcheur de la nuit nous oblige à rentrer.

Junior l'estoque du doigt.

— Le soleil a fait fondre ton cerveau, Ach.

Ach est emporté par ses évocations. Il poursuit son récit, le visage flamboyant, pareil à un mioche devant un aquarium.

— C'était pas la vie de château, mais on en était à deux doigts. On était heureux. Jusqu'au jour d'aujourd'hui, mon index perçoit encore les petites morsures de ma fille quand elle essayait ses premières dents dessus...

— Arrête, arrête, s'affole Junior, t'es en train de dérailler. Tu pouvais pas être un pantouflard, c'est pas ton genre. T'avais pas besoin de maison, ou de femme, ou de gosse. T'avais le monde à tes pieds. Tu me soûles avec ça depuis des années. T'es pas né pour t'encombrer de parents qui vivraient à tes crochets, ou de rejetons qui grandiraient à tes dépens. Tu vaux beaucoup plus que ça. T'es né *libre*. « *Pour voir du pays et traquer le soleil.* » Je connais par cœur ta légende, Ach.

Il lui prend les poignets, les étreint avec force.

— T'es mal, ces derniers temps. J'suis pas aveugle. Ça crève les yeux que t'es pas bien. Je *te sens*. On est aussi proches l'un de l'autre que les frères Zouj. Mais, quand je t'entends retourner la veste, Ach, quand tu pousses le bouchon jusqu'à t'inventer une femme, et des trucs de nuls, j'suis pas d'accord...

— Junior, Junior...

— Non, j'veux pas de tes ragots. J'en ai jusque-là. (Il se lève.) C'est moi qui vais sur la plage, cette fois. Je reviendrai quand tu seras calmé.

— Tu peux aller où tu veux ; ça changera rien. J'ai bel et bien été quelqu'un d'autre. C'est parce que j'étais pas fichu de mériter mon bonheur que j'ai échoué par ici... Souvent, on s'en rend pas compte. La chance nous sourit tous les matins, le bonheur nous accueille tous les soirs, et on s'en rend pas compte. On s'y habitue et on pense que ce sera tous les jours ainsi. On fait pas gaffe à ce que l'on possède puis, hop ! d'un claquement de doigts, on s'aperçoit que l'on a tout faux. Parce qu'on croit avoir décroché la lune, on veut croquer le soleil aussi, et c'est là que l'on se crame les ailes...

Ach baisse la tête. La misère de la terre entière semble lui peser sur la nuque. Ses mains tremblent ; sa respiration cafouille ; il suffoque.

— Une cousine à ma femme venait régulièrement passer ses vacances chez nous. Elle était belle, et ses yeux me troublaient. Je te jure que j'avais lutté, mais elle revenait sans cesse à la charge, certaine qu'elle allait m'avoir à l'usure... En rentrant d'une fête scolaire, ma femme nous avait surpris dans la chambre... Si le sol s'était dérobé, ce jour-là, je me serais jeté dedans. J'aurais donné ma vie pour remonter le temps et lutter encore, et encore. Mais on ne remonte pas le temps, Junior... Ma femme ne nous avait pas engueulés. Sans un mot, elle était ressortie avec la gosse, et plus jamais je n'ai réussi à retrouver leurs traces... J'étais fou de rage et de chagrin. C'était si bête. Un moment de faiblesse, et une vie entière tombe lamentablement à l'eau. La glace, dans la chambre, me renvoyait l'image du minable que j'ai été. J'ai détesté mon reflet. Je m'étais jeté dessus la tête la première. C'est comme ça qu'un bris de verre m'a éborgné... pour que jamais je n'oublie comment j'ai bousillé mon bonheur de mes propres mains...

Junior est sur le point de dégueuler. Un malaise insondable lui enchevêtre les tripes.

— Je te crois pas, Ach.

— Qu'est-ce que ça change ?

Junior a brusquement du dédain pour son ami. D'un doigt tremblant d'indignation, il montre les immeubles dressés dans le lointain, semblables à des stèles avilissantes.

— Tu viens de *là-bas*...

— Nous venons *tous* de là-bas, Junior.

Junior shoote dans le sable, s'éloigne en gesticulant, rebrousse chemin, repart vers la plage, tourbillonne tel un frelon, peste à droite, crache à gauche, puis, lessivé, vidé du dépit qui lui dévore le ventre, il revient en s'épongeant le front sur son avant-bras, les yeux blancs d'écœurement.

— T'es qu'un arracheur de dents, Ach. Tu peux me bassiner avec tes fariboles autant que tu veux, j'suis pas preneur.

— Je suis le Musicien, explose Ach. C'est moi qui ai fait de vous des Horr – c'est-à-dire des hommes authentiques, qui vivent en marge de la société, des vaccins et des recensements, qui ne reçoivent pas de courrier et qui n'entendent parler ni d'impôts, ni de redevances, ni d'autres saloperies... Des hommes qui vivent comme les premiers hommes de la préhistoire.

— J'suis d'accord. Alors pourquoi tu tournes casaque ?

Ach relève la tête. Son visage n'est qu'un masque avachi.

Après un silence abyssal, il lâche :

— Je veux te laisser tenter ta chance.

Son ton grave et touchant émeut Junior qui avoue d'une voix détimbrée :

— J'sais que tu penses à mon bien.

— Alors, ouvre tes oreilles. Y a un tas de trucs que tu ignores. J'ai vécu parmi les gens de la ville, puis j'suis venu vivre parmi les Horr, les détraqués et les périmés. Je suis mieux placé pour savoir lequel des deux mondes est meilleur.

— Celui des Horr est le meilleur.

— Faux !

Junior déglutit, incrédule.

— T'avais de la haine pour les gens de la ville. Tu disais que ce sont des monstres sans cœur et sans conscience.

— J'étais pas sincère.

— Tu disais qu'un Horr est aussi sain et libre qu'une herbe folle, que notre vie est droite, lisse comme une anguille tandis que les gens de la ville connaissent tellement de hauts et de bas que le temps de les croire arrivés, ils sont déjà partis. Tu disais que nous, on n'a pas besoin de flics, ni de syndics, ni de scrutins pour survivre, qu'il nous suffit de nous réveiller le matin pour nous retrouver en plein dans la vie...

— Je vous ai menti...

Junior bondit en arrière, estomaqué et outré à la fois.

— Je voulais me persuader que je pouvais cocher d'une croix mon passé, poursuit le Musicien... Les Horr et les gens sont issus d'un même moule, d'une même pâte. Il y a des faux-jetons par endroits, et des types sympa un peu partout.

Junior réfléchit. Son front se ramasse autour d'une ride horrible. La volte-face du Musicien ne lui dit rien qui vaille ; elle sature l'air d'un fâcheux présage, sonne telle une oraison funèbre. Il y perçoit comme la volonté arbitraire d'un vague testament, le signe avant-coureur d'un grand chagrin en gestation, l'annonce à peine voilée d'un deuil en perspective. Son inquiétude se mue subitement en une peur qui jette aussitôt son filet sur son cœur avant de s'étendre, tentaculaire et glaçante, à travers son être...

Sa pomme d'Adam se coince quand il s'entend bredouiller :

— Pourquoi tu flanches aujourd'hui, Ach ? Est-ce que tu sens que t'es en train de mourir ?

Ach lui prend les mains et les broie presque.

— On meurt un peu à tous les instants, Junior. C'est vivre qui doit nous importer. Essaye de comprendre ce que je suis en train de t'expliquer et oublie ce que je te racontais avant. C'est vrai, c'est flippant, mais c'est pas une raison pour s'entêter à repousser ce que je te propose. Il ne s'agit pas d'un troc. Il est question d'une réalité, et on ne négocie pas avec la réalité... Est-ce que tu penses que je suis capable de te vouloir du tort ?

— Impossible. Quoi que tu fasses, c'est toujours pour mon bien.

— Alors, aie confiance... T'as à peine une trentaine de berges. La vie est encore devant toi. T'as largement le temps de revoir ta copie...

— Oui, mais comment ?

— Va en ville...

Junior croit recevoir un coup de massue sur la trogne.

— Tu disais qu'un simplet n'a pas plus de chances de se faire de vieux os en ville qu'un mouton le jour du Seigneur.

— C'était pour te garder auprès de moi.

— T'en as assez de moi, maintenant ?

— C'est pas ça. Je veux que tu tentes ta chance. Tu es si jeune. Ça te donne le temps de te ressaisir, la jeunesse, de recommencer depuis le début.

— Quel début ?

Ach l'attire violemment contre lui, puis le repousse pour le fixer dans les yeux. Sa voix devient pressante, aussi envoûtante que dans les chansons.

— Tu ne peux pas savoir ce que c'est d'avoir une vraie maison, Junior. Un p'tit chez-soi où il fait bon vivre même quand c'est pas tous les jours dimanche. Ça te fait quelque chose. Tu peux ne pas valoir le détour dans la foule... une fois chez toi, t'es un homme à part entière. T'as du poids, et de la visibilité. Ta femme t'écoute, tes gosses t'aiment comme leur propre dieu. T'as beau avoir froid dans tes chairs, quand t'as une famille, t'as le cœur constamment au chaud. En fin de semaine, Junior, tu t'offres le repos du guerrier. Tu prends tes marmots par la main et tu les emmènes dans le square d'à côté pour les voir gambader... On a beau te faire croire que t'es un moins que rien, que t'es un raté, ou une chiffe molle ou c'qu'on voudra, quand t'as une famille, tu te fous du monde entier.

— T'es sérieux ?

— Je ne l'ai jamais été autant.

— Tu veux vraiment que j'aille *là-bas* ?

— Oui.

Junior se laisse choir sur une dune, pose les coudes sur les genoux et la tête entre les mains ; il réfléchit, réfléchit... Après avoir fait le tour de l'ensemble des interrogations qui le chiffonnent, il dévisage le Musicien comme s'il n'arrivait pas à le remettre. Ensuite, en s'aidant de ses dix doigts, il s'enquiert :

— C'est quoi au juste une femme, Ach ?

Ach médite un instant, pris au dépourvu par la question de Junior. En une fraction de seconde, sa figure devient un vague miroir sur lequel défile une multitude d'évocations lointaines. Il dit, d'une voix criblée de trémolos :

— C'est quelque chose qui arrive rarement deux fois dans la vie d'un homme. Si tu ne la saisis pas au vol pour la garder précieusement, tu t'en mordrais les doigts jusqu'au coude que ça ne t'éveillerait pas à toi-même.

Junior est exaspéré par la réponse du Musicien. Il s'écrie :

— Ça me fait une belle jambe. Je te pose une question claire et nette, et toi, tu me sors des trucs bidons avec de la philosophie dedans. Je te demande pas de me dresser un tableau. C'est quoi une femme, putain ? C'est pourtant pas compliqué.

Ach va chercher au plus profond de son être un souffle assez consistant pour déclarer :

— Tout.

— C'est-à-dire ?

— Exactement ce que ça veut dire... La femme est amour. Et l'amour est la plus belle tuile qui puisse tomber sur quelqu'un. Avant l'amour, y a pas grand-chose. Après l'amour, il reste plus rien. L'amour est l'essence de la vie, son sens et son salut. S'il vient vers toi, garde-le et ne le lâche plus. S'il te fuit, cours-lui après. Si tu ne sais pas où le trouver, invente-le. Sans lui, l'existence n'est qu'un gâchis, un passage à vide, une interminable chute libre.

Junior est sonné. Des bribes de confidences l'assiègent, pirouettent dans sa mémoire, s'effrangent, fusionnent ; il reconnaît les voix de Ben Adam, de Dib, d'Aït Cétéra, des vagabonds perdus de vue depuis des lustres, enfin de ces gens qui lui avaient tenu, l'espace d'un moment de grâce, un langage sur la ville autre que celui d'Ach ; un langage coloré, équilibré, quasi jouissif auquel il n'avait pas daigné prêter attention. D'un coup, des histoires ressurgissent parmi ses souvenirs, fracassantes de bruit et de fureur, cocasses par endroits, tragiques et sublimes à la fois, jalonnées d'amours auxquelles on a renoncé, hantées de proches que l'on a reniés, de vocations gâchées, d'idylles muselées, de rêves éconduits, de regrets, de remords – tout un tsunami de larmes et de soupirs déferle sur son petit esprit. Mille mots ricochent sur ses tempes, se pourchassent à travers un délire fracturé, vont et viennent, puis flambent avant de s'éteindre, dénués de sens et d'échos. Junior essaye de s'agripper aux uns, de se défaire des autres, s'embrouille dangereusement. Il se reprend la tête à deux mains pour contenir le tohu-bohu qui y sévit, se focalise sur une seule idée, une seule pensée et s'applique à faire le vide autour.

Lorsqu'il se met à voir plus clair, il déclare :

— C'est dingue. Tu dis une chose et son contraire, et t'as raison à chaque coup. Pourtant, même si j'arrive pas à cadrer ton nouveau charabia, je suis emballé. Me demande pas par quoi ni par qui, j'ai pas la réponse. Si mon futur rejoint ce que tu racontes, sûr que ça me botterait de tenter ma chance. Je commence à trouver le temps long, par ici. Tu attends demain ; demain s'amène, et t'as l'impression d'être hier et les jours d'avant. T'as même pas le sentiment de vieillir... Quelque chose me dit que c'est p't-être pas une si mauvaise idée qu'ça, retourner la veste pour voir c'qu'il y a en dessous...

Puis, après avoir pesé le pour et le contre, il hasarde :

— Tu m'en voudrais si je t'avouais une tromperie, Ach ?

— Crevons l'ensemble des abcès.

Junior rougit de gêne, mais trouve la force d'aller au bout des aveux.

— Quand tu croyais que j'étais sur la jetée, c'était pas toujours exact. Des fois, j'allais à l'autre bout de la plage voir Mama se baigner à poil. Et j'en chopais des bizarreries au corps et j'avais des *durcissements*. J'étais content sans comprendre comment...

— Tu vois ?

Junior acquiesce de la tête pour se donner de l'entrain.

Il pense à voix haute.

— Ouais, pourquoi ce serait pas une bonne idée ? Ça doit fonctionner autrement, le fait d'avoir une femme, et une maison avec des fenêtres, et une porte qui ferme à clef, et un jardin depuis lequel on observe les voitures qui passent dans la rue... (Son visage s'illumine au fur et à mesure qu'il énumère ces commodités qui paraissent essentielles et qui n'ont guère compté pour lui.) Les jours seront forcés d'être différents. C'est obligé... Aït Cétéra disait que s'il avait encore son bras, il serait au volant d'un camion à essayer de rattraper le temps perdu... Avoir une femme, des gosses, une piaule, et des voisins qui ont des familles, et des bagnoles garées contre le trottoir, et de la pelouse de part et d'autre des allées, des jours de fête et des jours d'enterrement, et des livreurs qui viennent jusqu'à chez toi t'apporter des gâteaux... Tu t'rends compte, Ach ? Des gâteaux ! La dernière madeleine que j'ai ramassée sur un banc, elle remonte si loin dans la nuit des temps que j'suis incapable de me rappeler quel goût elle avait...

— Qui ne tente rien n'a rien, décrète Ach avec philosophie.

— Ouais, s'enhardit Junior en serrant les poings. Qu'est-ce que je perds au change, finalement ?... Ce serait chouette... J'aurais une femme, une piaule, des gosses...

— T'auras mon doigt au fion !

Les deux amis sursautent. Bliss est debout derrière eux, la bouche froissée sur sa face de zombie.

— Barre-toi, le menace Ach. Junior et moi, on discute sérieusement.

— J'ai entendu. T'arrêtes pas de lui bourrer le crâne avec des boniments, à ce pauvre cervidé.

— J'suis pas un cervidé, crie Junior. J'ai pas d'instruction, mais j'ai du chien.

— Einstein en cherche justement un pour ses expériences. Avec lui, au moins, tu servirais à quelque chose.

Ach se fâche ferme lorsqu'il s'aperçoit que Bliss a une nouvelle ceinture, lui qui se contentait habituellement d'un bout de ficelle pour retenir son pantalon.

— C'est pas la laisse que je t'ai offerte ?

— Change pas de disque, le Borgne. Qu'est-ce que tu es en train de lui raconter encore ? Pourquoi tu veux l'expédier *là-bas* ? S'il te dérange, si t'en as assez de lui, donne-le-moi.

— Junior n'est pas un chiot.

— J'suis pas un chiot, proteste Junior sans saisir vraiment l'enjeu du débat.

— Pauvre imbécile ! s'énerve Bliss. Cette vieille serrure rouillée cherche à t'envoyer au lynchage.

— Barre-toi ! crie Ach.

— Barre-toi ! répète Junior.

— Non, s'insurge Bliss, je te laisserai pas l'envoyer à l'abattoir...

— Mais qui te parle d'abattoir ? fait Junior avec dédain.

— La ville, c'est de la mort-aux-rats, s'insurge Bliss, les lèvres effervescentes de bave. Les clodos, on les blaire pas, là-bas. Et puis, Junior n'a pas toute sa tête. Il irait où, avec la boussole détraquée qui lui tient lieu de cervelle ? Il mangerait comment ? C'est à peine s'il arrive à se torcher seul. Non, j'suis pas d'accord. Là, franchement, Ach, tu dépasses les bornes.

Junior fronce les sourcils, désarçonné par l'opposition farouche de Bliss. Ach lui reprend les mains et se dépêche de le détourner.

— Bliss est jaloux de ta veine. Il est dépassé et a déjà un pied dans la tombe. Il a épuisé ses recours et n'a pas plus d'avenir que de présence d'esprit. Vise-le bien et tu verras que c'est un macchabée itinérant qu'aucun fossoyeur ne daigne prendre en charge. Toi, tu pètes le feu. T'es jeune et t'as toutes tes dents pour mordre dans la vie comme dans une cuisse de poulet. T'as droit aux erreurs parce que tu peux te rattraper. Le temps est de ton côté. Quand on a un tel allié dans son camp, on est en mesure de mettre à genoux son destin. Je t'ai menti des fois, mais j'ai toujours pensé à ton bien. Aujourd'hui plus qu'avant. Et aujourd'hui, ton heure est arrivée. T'as une chance et tu ne la laisseras pas te filer sous le nez... Si j'en étais pas absolument convaincu, je ne t'enverrais nulle part... Va confiant... Va te dégotter un brin de femme et refile-lui une bonne douzaine de mouflets.

Bliss renverse la tête en arrière et libère un rire monstrueux.

— C'est ça. Il aura qu'à se pencher pour le ramasser, ton brin de femme.

— C'est pas tes oignons, dit Ach.

— C'est pas tes oignons, dit Junior. Les jaloux, ils pourront rien changer. J'aurai des mômes, et tout, et en fin d'semaine je m'offrirai le repos du guerrier.

Bliss saisit Junior par le bras et le traîne jusqu'au rocher pour l'éloigner de l'influence du Musicien. Ach tente de s'interposer, mais sa paresse le retient au sol.

Bliss prend Junior par les épaules, l'ajuste de façon à le regarder droit dans les yeux et lui dit :

— T'as aucune chance. On te fera la peau au premier tournant. Comme les autres. Ils sont partis et ils n'sont jamais revenus. Tu t'rappelles le Boiteux. C'était un numéro, çui-là. Il se payait notre tronche sans débourser un sou. Il n'est pas revenu. Et Papa Awid, le roi des filous, qui trouvait son compte jusque dans les banqueroutes, est-ce que quelqu'un sait où il est à l'heure qu'il est ? Y avait pas plus calculateur que lui. Il mettait jamais le pied quelque part sans avoir passé au peigne fin les alentours. Il était capable de traverser un champ de mines les yeux fermés. Eh ben, il s'est fait avoir comme un novice, lui aussi... Et la Chouette ? C'était un coriace, la Chouette. Il avait fait la caserne, la taule, le bagne. Il avait tout connu et survécu à toutes les vacheries. Même le Pacha le respectait. Pfuit ! volatilisé... Où c'qu'ils sont tous passés, tiens ? Tu peux me dire c'qu'ils sont devenus ?...

— Le Boiteux est parti à cause de Dib, lui signale Junior.

— C'est faux. Le Boiteux était parti s'approvisionner dans les poubelles de rupins et comptait revenir à la base. C'était pas son genre de laisser tomber les potes.

— Si, il en avait sa claque de Dib et il était parti pour de bon. Il disait qu'il préférerait vivre au milieu d'une meute d'hyènes qu'à proximité d'un saligaud.

— Et Babay, tiens. C'était un chic type, Babay. Le plus gentil cordonnier de la Terre. Il était allé en ville chercher de la glu et des clous pour nos chaussures. Juste de la glu et des clous. Il ne demandait pas la lune, putain ! Il est pas revenu, et depuis nos savates prennent l'eau et on est obligés de rafistoler nos semelles avec des bouts de lacet... Non, Junior, la ville, c'est pas pour nous. Nous, on n'a peut-être pas de la classe, mais on a de la fierté... Ach est poète ; et un poète, ça divague quelquefois et ça s'en rend pas compte.

— J'ai envie d'une vraie maison, supplie Junior comme si le bonheur en entier dépendait du seul consentement de Bliss.

— Y a rien pour toi, là-bas. Ta place est ici. C'est ici que t'as des amis. La ville, c'est un colis piégé, un pays ennemi.

— Ach dit que lorsqu'on a une famille, le reste, c'est du toc.

— Alors pourquoi il retourne pas là-bas, lui d'abord, pour voir ? Pourquoi il reste là pendant qu'il t'expédie dans cette jungle en béton, toi qu'as pas plus de jugeote qu'une carpe affamée ?

Junior se gratte énergiquement derrière l'oreille. La pertinence des remarques de Bliss le renvoie vers le Musicien.

— C'est vrai, Ach. Pourquoi tu y retournes pas ?

— J'suis trop vieux.

Cela suffit pour chasser le doute chez Junior qui, de nouveau enthousiasmé, s'enquiert :

— T'es sûr que ma vie va changer ?

— Puisque je te le dis.

Junior ne se le fait pas répéter une fois de plus, au grand dam de Bliss.

Bliss refuse d'abdiquer. Il se penche sur le Musicien et lui crie :

— Trop vieux ?... Trop facile ! T'es même pas fichu de trouver une dérobade qui vaille la peine. À croire que tu t'es levé, le matin, en oubliant une bonne partie de ton crâne sur l'oreiller. Ton discours est naze et tes raccourcis aussi nuls que tes histoires à l'eau d'rose.

— Casse-toi, oiseau de mauvais augure.

— C'est fou comme t'as régressé, Ach. Je te croyais plus digne. Plus inspiré. Une maison où il fait chaud au cœur, et une femme brioche qui fondrait sur le bout de la langue, et des mômes qu'on prend par la main en fin de semaine... que du bonheur à portée de n'importe quelle bourse. Comme s'il suffisait de se servir...

Ach lui tourne le dos et, d'une main hautaine, le chasse.

Bliss le contourne pour se mettre en face de lui. Il le charge.

— Où t'es allé chercher tout ça ? *Quand t'as une famille, tu te fous du monde entier.* Sans blague ? *La femme, c'est tout.* Ah bon ? *L'amour est une tuile.* T'as p't-être pas tort, là-dessus. Ça s'invente comment, l'amour, tiens ?

À partir de quelle recette ?... Et puis quoi encore ?... Tu parles d'une révélation !... Même un moutard avec deux doigts dans le nez ne te prendrait pas au sérieux.

Ach pivotant de nouveau sur son postérieur, Bliss se rabat sur Junior.

— Il te refile du réchauffé, mon p'tit gars. Ça ne se passe pas comme ça. Ce vieux grigou déphasé te conte fleurette. Il radote.

Junior est déjà ailleurs, cramponné à son horizon flambant neuf pavoisé de guirlandes alléchantes et de promesses. Il porte ses mains à ses oreilles pour signifier à Bliss qu'il s'interdit de l'écouter et tournoie sur lui-même afin d'esquiver les bras décharnés qui tentent de le convaincre. Sa décision prise, il se sent prêt à résister aux bourrasques, à supplanter le mauvais œil et les envieux, à briser les amarres qui l'empêcheraient de courir ventre à terre vers un ciel où les gens fleurent le jasmin, où les jours sont forcément différents, où l'on a droit à l'erreur, où il fait tellement bon vivre que l'on voudrait devenir éternel...

15.

Junior parti, Ach a comme un ver vorace dans la conscience.

La veille, il avait aidé son protégé à mettre quelques vêtements pas trop amochés dans un sac, lui avait expliqué comment reconnaître les rafles qui s'opèrent traîtreusement dès la ligne de démarcation, ensuite il l'avait mis au lit plus tôt que d'habitude pour ne pas changer d'avis, tant la souffrance était intenable. Junior s'est assoupi très vite sur sa paillasse ébouriffée ; on aurait dit un ange enchâssé dans une botte de foin, avec son sourire béat et ses poings de bébé. Ému à se fêler la poitrine, Ach lui avait posé un baiser furtif sur le front avant de sortir dans la nuit, incapable de se résoudre à l'idée qu'il devait, au nom d'on ne sait quelle sacro-sainte morale, renoncer à la personne qui lui importait le plus au monde. Assis sur une dune face à la mer, il s'était soûlé à mort jusqu'au matin et avait pleuré toutes les larmes de son corps. Quand le soleil s'est levé, la plage lui a paru aussi lugubre qu'une île sauvage et la mer, calme, lui a semblé vidée de son âme.

En rentrant, il a espéré, au tréfonds de son être, trouver Junior recroquevillé d'aise sur sa couche... Mais Junior n'était plus là. Il était bel et bien parti et, distrait comme il l'a toujours été, il avait oublié d'emporter son sac avec lui.

Ach l'a attendu la journée entière, et les jours d'après ; Junior n'est pas revenu.

Dieu ! qu'il lui manque. Chaque coin du terrain vague languit de son absence, chaque bruit résonne de son rire idiot, chaque silhouette au loin rappelle sa démarche débraillée. Junior est partout et nulle part à la fois, et le soir, lorsque le ciel s'écrase sur les rochers, Ach perçoit l'odeur de son protégé jusque dans l'haleine de la mer.

— Juuunioor ! crie-t-il dans le fracas des vagues.

Et les vagues redoublent de fureur, comme si elles lui en voulaient.

Ach s'affaisse alors sur le sable et, les tempes dans les mains, il maudit le jour où ce diable de Ben Adam était venu parmi les Horr troubler les cœurs et les esprits.

Du matin à la nuit tombée, il reste effondré quelque part et refuse catégoriquement d'imaginer son protégé si loin de lui.

Maintenant, il sait ; ce n'était pas une bonne idée. On a plus de chances de sortir indemne d'un nid de vipères que d'une ville de rupins, sans âme et sans fraternité, où les voisins de palier ne se disent pas bonjour et où l'on ne s'attarde guère sur la détresse d'autrui... un monde imbu de ses vitrines fallacieuses et de ses boulevards grouillants de gens qui s'ignorent, chacun étant aussi fermé aux autres qu'un coffre-fort dont on aurait oublié le code. Ach en connaît un bout. Il se croyait entouré d'amis prêts à se défoncer pour lui et, au moment où il a eu cruellement besoin de réconfort, plus personne en vue. Il ne s'en est pas remis depuis. Ce n'est pas par hasard qu'il s'est rabattu sur le terrain vague. Il avait perdu définitivement confiance dans le genre humain... La ville, avait-il constaté à ses dépens, ce n'est pas un endroit où l'on se reconstruit quand on tombe très bas. Elle ne pardonne pas aux imprudents. Junior n'y survivrait pas. Il est de chair et de sang, et il a le cœur sur la main, alors que la ville est faite de béton et d'acier, et de la morgue de ses habitants pour qui la solidarité relève de la haute voltige, la charité d'un mauvais placement, et la compassion d'une fausse manœuvre. Là-bas, on n'a d'yeux que pour son propre intérêt. On ne sait pas s'attendrir au crissement d'une treille, ni faire attention à un pauvre bougre qui demande après son chemin, encore moins s'embarrasser de sentiments non rentables dans l'immédiat.

Ach met une éternité à se faire une raison. Il n'arrête pas de se répéter que Junior est un innocent, que les innocents sont proches du Seigneur, et qu'il y a forcément une étoile qui veille sur eux ; qu'après tout il fallait que cela arrive un jour, que c'est peut-être mieux ainsi, que rien ne prouve que Junior ne soit pas heureux à l'heure qu'il est. Pour semer les mauvaises pensées, Ach bouge sans répit. Le matin, il va sur la plage voir les vagues se poursuivre au soleil ; l'après-midi, il observe de loin la bande du Pacha qui le tient pour responsable quant au sort réservé au Simplet ; le soir, il regagne le fourgon et s'assomme à coups de gnôle frelatée afin de noyer son chagrin.

De temps en temps, Bliss vient voir si Junior est rentré. Lorsque le Musicien lui fait non de la tête, Bliss l'engueule à s'arracher le gosier. Il lui dit que c'est criminel, ce qu'il a fait. Ach rétorque que tout homme a le devoir de tenter sa chance. Bliss lui rappelle qu'un simplet n'est pas tout à fait un homme, qu'il est aussi vulnérable qu'un chiot lâché dans la nature, et que lorsqu'on n'a pas toute sa tête, on n'a pas, non plus, conscience des dangers. Ach refuse de reconnaître qu'il est allé trop loin et s'obstine à répéter que, sain d'esprit ou attardé, un homme a le droit de forcer la main au destin.

Des mois passent, puis des saisons entières.
Bliss ne vient plus voir si Junior est rentré, et Ach ne se berce plus d'illusions. Tous les clodos lui font la gueule ; les Horr et ceux de la jetée, y compris les transitaires qui font escale au dépotoir – des énergumènes qu'on ne connaît ni d'Ève ni d'Adam et qui, mis au parfum grâce aux fausses indiscrétions des uns et des autres, se mettent à le regarder de travers.
Ach n'en peut plus.
Il ne sait où se terrer.
Le dépotoir, la jetée, la plage lui sont devenus des territoires hostiles.
Dès qu'il aperçoit une silhouette au loin, il rebrousse chemin ou bien il court se cacher derrière les collines de ferraille pour esquiver les insinuations aussi troublantes que les sortilèges.
De guerre lasse, il a fini par se replier sur lui-même. Sans accéder à quelque paix. C'est comme s'il faisait face à sa conscience, pieds et mains liés. Il a beau se calfeutrer dans son tacot sans écho, il n'arrive pas à supporter l'absence de son protégé. Parfois, il s'accroupit devant la paillasse de Junior, la caresse du bout des doigts et convoque des souvenirs si lointains qu'il en

attrape des migraines. Il se rappelle la position que Junior aimait prendre avant de s'assoupir, la tête fichée dans le torchon qui lui tenait lieu d'oreiller et le derrière érigé en chapiteau ; il se rappelle ses ronflements exagérés quand il feignait de dormir, les larges sourires d'autiste qu'il esquissait pour se faire pardonner une incartade, ses rires idiots qu'il utilisait comme des diversions lorsqu'il était pris la main dans le sac. Parfois, au détour d'une évocation assassine, Ach porte la couverture de son compagnon à la figure et y pompe à pleines narines. Parfois aussi, il se prend la tête à deux mains et éclate en sanglots ; ses gémissements alors recouvrent la rumeur des flots et font douter la nuit des réels desseins des insomniaques... Mille fois la culpabilité lui suggère de marcher dans la mer jusqu'aux portes du ciel, et mille fois la froideur de l'eau l'en dissuade.

Ach se sent dépérir à vue d'œil.

Il est le remords dans son obsession absolue ; il est l'otage de tous les reproches qu'on lui fait ; il est la peine qui se substitue aux fibres de sa chair et à ses moindres pensées...

Et un soir...
Et un soir, à l'heure où les mouettes s'assagissent, Junior surgit au cœur du terrain vague. Comme ça. D'un coup de baguette magique.

Ach s'ébranle de la tête aux pieds.

Il croit d'abord à un fantôme, ensuite, lorsque Junior esquisse ce sourire ridicule dont lui seul a le secret, il tombe à genoux et, les bras levés au ciel, il remercie Dieu de la délivrance qu'Il lui accorde.

— C'est bien toi, Junior ?
— Tu vois ? lui dit le Simplet. J'ai retrouvé mon chemin, tout seul comme un grand.

Et ils se jettent dans les bras l'un de l'autre, comme deux fleuves nés d'une même montagne et qui, après avoir été écartelés par monts et vallées, se rejoignent à un même point de chute et fusionnent dans une formidable trombe de larmes et de chants.

Aussitôt le Pacha, Négus, Mimosa, Mama, Bliss, ceux de la jetée et ceux des falaises, les détritivores et les chiffonniers rappliquent des quatre coins du terrain vague. Ils viennent voir de leurs propres yeux l'accomplissement d'un miracle, constater par eux-mêmes que l'on peut être un sot aussi bête que ses pieds et revenir sain et sauf des entrailles de la ville. Bluffés et sceptiques à la fois, ils tiennent à en avoir le cœur net. Beaucoup de téméraires, plus aguerris et malins que les singes, avec des solutions plein la tête et des coups fourrés à ne savoir où les engranger, étaient partis *là-bas* et n'en sont jamais revenus. Ils n'ont donné ni signe de vie ni laissé une trace derrière eux, si bien que l'on se demande s'ils ont existé.

D'abord le Pacha ; il s'approche de Junior, le dévisage de près pour s'assurer qu'il s'agit bien de la bonne personne. Le revenant disparaît presque sous son paletot godaillé qui sent encore la benne à ordures, avec le capuchon tenant à un bouton et la manche droite plus longue que la gauche. Il porte un tricot délavé trop grand pour lui, un pantalon usé jusqu'à la trame qui tombe en tire-bouchon sur des chaussures sans lacets. Sur son cou pelé, on a tatoué un serpent glauque qui semble l'étrangler en écarquillant deux yeux rouge sang.

Déployés en cercle autour du « miraculé », les autres retiennent leur souffle, surveillant le moindre tressaillement sur la figure du grand chef.

— C'est toi, Jr ?...
— Ben, ça se voit pas ?
— T'es revenu comment ?...
— À pied, tiens...

Le Pacha dodeline de la tête. C'est le signe qu'il n'y a pas erreur sur la personne. D'un bond, Junior est assailli par ses anciens compagnons.

— Sacré Jr !
— Y a pas de doute, t'es un as. Faut être un as pour rester si longtemps en ville et revenir. Ça s'est jamais vu, avant.

— Est-ce que t'as fait fortune ?

— Un Horr n'a pas besoin de sous, dit Junior en redressant le menton. Il prend ce que le hasard lui propose.

— Tout à fait, certifie Ach dont la voix est aussitôt noyée par les exclamations et les cris des autres.

— J'arrive pas à croire que t'es de nouveau parmi nous...

— Laisse-moi te toucher, Jr. Après tout, t'es peut-être d'ombre et de fumée comme les fantômes.

— Pourquoi t'es revenu, Jr ?...

— Hé ! Jr, c'est comment la ville ?...

Et Junior, flatté par tant de sollicitude :

— Mon nom, c'est pas un clébard. On ne l'écourte pas. Je m'appelle Junior, pas une syllabe de plus, et pas une syllabe de moins.

Et Ach, tout fier, prenant les autres à témoin :

— Il a pas changé d'un iota, le p'tit.

Moins enthousiaste, Bliss ironise :

— Ne nous fais pas piaffer, le Simplet. Aboule tes épopées.

Junior reste un instant perplexe, comme s'il ne saisissait pas les propos de Bliss, puis ça lui revient. Il gonfle les joues, se trémousse, regarde un à un son auditoire de fortune, ne sachant par quel bout prendre la bête.

— C'est comment la ville, Junior ?...

— S'il te plaît, Junior, raconte comment c'est...

— Tu vas pas nous faire croire que ton voyage t'est monté à la tête...

— Vas-y, Junior, fais pas de chichis.

Et Junior, brusquement, pareil à une crue :

— C'était formidable, les gars, c'était épatant. Y a tellement de gens dans les rues qu'ils sont obligés de se marcher sur les pieds...

— Wahou ! exulte Bliss dubitatif.

— Les maisons sont si hautes que ça vous donne le tournis...

— Rien que ça ! ironise Bliss de plus en plus désagréable.

— Un « fourroir », les gars, poursuit Junior, les prunelles scintillantes. C'est à peine si t'as une bouffée d'air pour toi. Souvent, il te faut aller la pomper sous le nez de ton prochain. Le bon Dieu, en ville, il doit se sentir vachement dans ses p'tits souliers.

— Ouais, mais tu dis toujours pas comment c'est, la ville ?

Junior fronce les sourcils, paraît perdre le fil, puis il retrouve ses marques.

— Ça ne ressemble à rien d'autre, la ville. Je peux pas vous faire une comparaison. La ville, c'est « comment dire... ». J'étais à deux doigts de me déboîter la mâchoire tant j'en revenais pas. Des feux partout, des écritures qui s'allument sur les murs, des bagnoles comme des dauphins, des bus pareils à des accordéons, et des trains, et des bruits à vous fissurer les tempes, et des lampadaires alignés comme des oignons le long des boulevards, et des vitrines tellement limpides qu'elles vous surprennent le nez dedans, et des squares plus grands que notre terrain vague, et de la bouffe à perte de vue, et des nanas partout, les cheveux au vent, belles à choper l'insolation... mais, Ach, j'ai regardé dans les jardins, j'ai regardé dans le port, j'ai regardé dans tous les coins, et pas la moindre trace de la femme dont tu me parlais, conclut-il en ployant la nuque.

Les autres se regardent, sur leur faim.

— C'est tout, Junior ?...

— Ben...

— T'es resté très longtemps en ville. Pas possible qu'il ne te soit rien arrivé d'embêtant.

— J'suis pas resté longtemps en ville. Peut-être bien deux jours, peut-être bien trois. Une nuit, un fourgon – qui ressemble comme un frère à la maison d'Ach – m'a trouvé sous le pont en train de pioncer. Tout de suite, un flic m'a assommé avec sa matraque. Je me suis réveillé dans un endroit sinistre qui n'était ni une ville ni un terrain vague. C'était peut-être l'enfer. Des types terribles n'arrêtaient pas de nous avoir à l'œil, de la bave sur le menton et des mots orduriers plein la bouche...

Un silence assourdissant s'abat sur la plage. On n'entend même plus le gargouillis des vagues. Et dans la nuit en train de déployer son siège, l'obscurité envahissante étend son effroi jusque dans le regard du Pacha.

— T'as été au bagne, Junior ? s'étrangle Bliss.

— ... Chaque matin, très tôt dans le noir, on nous entassait dans des camions et on nous expédiait dans des coins moches à faire avorter un cachalot. On nous refilait des massues et on nous forçait à casser la pierre. Dès le coup de sifflet, on devait courber le dos et taper sur les rochers à tomber dans les pommes. On nous bottait le cul à chaque coup de massue raté. Si tu essayes de faire le mariole, y a un gardien qui te surprend dare-dare et qui t'arrache la peau des fesses avec son fouet. Je me souviens, à notre arrivée, il y avait une colline. Elle a complètement disparu, quand on est repartis...

Il ajoute :

— C'était plus que l'enfer, les gars, pire que la folie... Tu crois que c'est fini, et ça repart... Hop ! on remet ça... Les gardiens, ils s'arrangent pour te trouver un merdier à ta pointure et ils te travaillent à petit feu en attendant que d'autres carrières s'ouvrent. Ça les divertit, vu qu'ils ont pas grand-chose à foutre sauf à nous arranger le portrait... Des monstres ! Ils ont pas de pitié, et plus tu râles, plus ils sont fiers de ce qu'ils te font subir...

Il se tait, pour se recueillir sur ses déboires, puis, après s'être mouché, il reprend, et son ton devient rauque de fiel et de dépit.

— Quant aux forçats, ils sont plus vilains encore. Tu dis « bonjour » et ils te rétorquent « et puis quoi encore ?... » comme si t'avais proféré une grossièreté... T'avais raison à cent pour cent, Ach. Au terrain vague, on est dans le meilleur des mondes. *Ici*, on est NOUS. Horr ou pas, on se serre les coudes. On fait avec, on fait sans, c'est pas important. Ici, il suffit de se lever le matin pour se retrouver en plein dans la vie. Là-bas, que tu dormes ou que tu veilles, t'es toujours à deux doigts de te faire zigouiller...

Quelque chose, dans les propos de Junior, a changé. À croire qu'il réfléchit aux mots qu'il emploie, qu'il parle comme quelqu'un qui sait exactement ce qu'il dit. Avant, Junior ne pensait presque pas. Ses paroles étaient un mélange d'emprunts et de formules courantes, et souvent il s'y perdait... Négus, le premier, s'est demandé s'il s'agissait bien de la même personne. Le Pacha se trompe souvent sur les gens, arrogant et expéditif qu'il est... Et puis, il n'y a pas que les propos, s'aperçoit à son tour Dib, qui ne lâche rien et qui se méfie de tout. Lui aussi a décelé une anomalie quelque part. Il s'approche de plus près pour en être fixé, plisse les paupières et balaie tel un scanner le freluquet en train de s'époumoner au milieu de son auditoire. Il n'y a pas de doute ; il s'agit bel et bien de Junior, sauf qu'il n'est pas revenu en entier. Beaucoup d'indices manquent à l'appel : le regard du revenant est brouillé, presque sale, et il a perdu cette naïveté qui le rendait touchant autrefois lorsqu'il venait au Palais en quête d'une bonne cuite... Les uns après les autres, les gars de la jetée, traditionnellement à l'affût de la moindre fausse note, se mettent à remarquer des détails qui, jusque-là, n'ont interpellé personne : Junior a maigri. Il n'est plus qu'un squelette terreux sous ses habits fripés. Son visage porte la marque d'un terrible martyre, avec ses yeux laiteux et ses pommettes sur le point de lui traverser la peau. La trace d'un méchant coup a noirci sur sa joue ; une entaille mal cicatrisée lui balafre le front, et son épaule gauche paraît plus basse que la droite. Sa tête a tellement rétréci que ses oreilles semblent avoir doublé de volume. Quant à sa bouche, qui se déporte spasmodiquement sur le côté, elle a perdu une bonne partie de ses dents.

Choqués et peinés par ce qu'ils sont en train de découvrir progressivement, ni Négus ni personne n'osent réagir.

Junior poursuit :

— Là-bas, non seulement on sait pas qui on est, en plus on n'a pas la plus petite idée de ce qu'on va devenir. Même ton pote de cellule, il te blaire pas. Quand il a fini de chialer sous le fouet des gardiens, il vient te chercher noise en te tenant rigueur pour les raclées qu'il a reçues... À la cantine, je vous dis pas. C'est carrément la loi de la jungle. Ta ration, il faut mordre profond dans le voisin pour la garder. La bouffe est infecte. Avec des asticots flottant dans leur jus et des bouts de pain plus durs qu'un caillou. Tu crois que ça tente personne, et c'est là que tu te goures car il y a toujours un gros bras qui s'amène et qui crache dans ta soupe ; si t'es pas content, il te la renverse sur la trogne, et t'as pas intérêt à faire la fine bouche parce que t'as pas fini de geindre que déjà tes chicots sont par terre...

Ach rentre le cou, cran après cran, sous le chapelet des déconvenues négociées par son protégé. Comme si on lui portait des estocades à répétition. Il sent les regards qui sautent de Junior à lui, passant de la pitié au mépris, essaye de se refugier derrière la contemplation de ses mains, mais n'y arrive pas. Un vent de scandale est en train de lever dans le silence.

Junior s'arrête pour reprendre son souffle, ensuite, les lèvres lourdes, il enchaîne :

— C'est pas un bled, le bagne, c'est un délire. Là-bas, c'est chacun pour soi, et sauve qui peut. Quand t'as besoin d'aide, personne n'est là... La première nuit, n'arrivant pas à fermer l'œil, j'avais demandé à Papillon, qui ne dort jamais, de me raconter une histoire. Papillon partageait ma cellule avant qu'on lui coupe le sifflet dans les chiottes. Il avait des tatouages sur la gueule et un crâne tondu comme une pierre ponce. Je pensais qu'il m'avait à la bonne puisque les autres lui déplaisaient. D'abord, il en avait pas cru ses oreilles. Ensuite, il m'avait demandé si j'étais pas en train de me payer sa tronche. Je lui ai dit qu'Ach me racontait toujours une histoire, le soir avant de dormir. Alors, Papillon s'est foutu dans une rogne noire et m'a aplati comme une crêpe en criant qu'il était pas ma putain de mère. J'avais rien compris. Et puis, est-ce que je lui avais parlé de ma mère ?... Avec le temps, je me suis rendu compte que les taulards ne fonctionnent pas comme nous, qu'ils sont faits d'une pâte bizarre et qu'ils pigent de travers. Ils t'arracheraient les yeux rien que pour ne pas perdre la main. Des dingues, je vous dis. Avec eux, t'es nulle part à l'abri, et tu devines jamais quand ça va te tomber dessus...

Il se retourne d'un coup vers Ach.

— Toi, par exemple, tu ferais pas de vieux os, là-bas. Parce que là-bas, on dort que d'un œil, et pour un borgne, c'est pas évident...

— Comment t'as fait pour t'en sortir ? lui demande Einstein éberlué.

— J'sais pas. Là-bas, on se pose pas ce genre de question. On est là, et c'est tout. Tu t'y habitues. Tu crois que le plus dur est passé, mais t'es jamais au bout de tes surprises. C'est comme si tu marchais dans la vallée des ténèbres. Plus tu avances, plus tu t'enfonces. Et plus tu te relèves, et plus tu te dis c'est pas possible, j'suis mort, c'sont d'autres diables qui prennent possession de mon corps. Je vous jure que c'est la vérité. Tu te dis je me connais, je connais mes limites, j'peux pas avoir parcouru tout ce chemin et rester vivant. C'est dingue. C'est ainsi que j'ai appris qu'un homme est capable d'aller au-delà de la mort et de revenir. Ça m'est arrivé. Vous savez ce qu'est le mitard ? Eh bien, ça n'a rien à voir avec ce que l'on imagine, car il dépasse l'imagination. Toucher le fond, ça a du sens, au mitard. Quelqu'un qui a pas échoué au mitard peut pas savoir ce que c'est, toucher le fond. T'es au bas de l'échelle, et tu es absorbé par le sol comme une rinçure. Tu disparais de la surface de la Terre. T'es tellement mal que tu cesses de souffrir. Les minutes deviennent des jours, et les jours des éternités. Tu te mets à voir des choses incroyables, et le mur, dans le noir total, a soudain des oreilles et des yeux. C'est au mitard que j'ai senti la présence du Seigneur. Il était si près que je percevais son souffle sur mon visage. Il avait de la peine pour moi... Quand on est venu me chercher, j'avais oublié comment tenir sur mes jambes. Il a fallu qu'on me traîne. Une fois hors du mitard, la lumière d'une ampoule m'a traversé les châsses comme la flamme d'un chalumeau.

— Tu reviens de loin, dis donc ! s'exclame Pipo.

— C'était pas si loin que ça. À peine de l'autre côté de la ville...

Il refait face à son auditoire, frémissant d'une émotion insoutenable.

— Je vous jure qu'il se passait pas une pause sans que je me souvienne, un à un, de vous tous : le Pacha, Mama, Négus, le Levier, les frères Zouj même si j'ai jamais compris à quoi ils servent, et Dib, même s'il est faux et chiant. Et c'est à ce moment-là que les saintes paroles d'Ach me rattrapaient et je voyais nettement qu'il y a rien de plus beau que notre cher terrain vague, et qu'aucun paradis n'arrive à la cheville de ces soirées que l'on partageait autour d'un feu quand, soûls comme des bourriques, on se fichait du monde comme d'une teigne.

— Purée ! explose Aït Cétéra, horrifié. T'as été au bagne pendant tout ce temps !

— On m'a libéré y a quelques jours. D'autres flics m'ont intercepté puis ils m'ont relâché à cause de ma main...

L'auditoire se penche sur les mains du rescapé.

— Qu'est-ce qu'elle a, ta main, Junior ?

Junior regarde Ach, navré, avant de retrousser la manche droite de son paletot qu'on supposait plus longue que la gauche. En réalité, c'est le bras de Junior qui a été écourté. Amputé de la main. Un moignon informe et laid à hauteur du poignet.

Tout l'auditoire accuse le coup comme on reçoit à froid l'uppercut d'un poids lourd en travers la figure.

— Ça m'a fait mal dans ma chair, Ach, et ça m'a fait plus mal encore quand j'ai su que je pourrai plus t'accompagner au tambourin lorsque tu joueras du banjo. Un jour qu'on faisait sauter un tunnel, une grosse pierre m'a pété le poignet. C'est un miracle si j'y ai pas laissé le reste, qu'il a dit le toubib.

Bliss recule furieusement et se met à gueuler :

— J't'avais prévenu, Junior. Je te disais bien que la ville, c'était un pays ennemi. Et t'as rien voulu entendre.

— Mais j'étais pas en ville quand ça m'est arrivé.

Négus se lève à son tour, livide, la figure tressautant d'indignation. Il toise longuement Ach avant de s'emparer de son casque et de le jeter à ses pieds avec hargne. Son doigt se décomprime tel un cran d'arrêt.

— Tu mérites que l'on te passe par les armes sans transiter par la cour martiale, le Borgne... que l'on te cloue au poteau et que l'on t'abatte comme une vilaine bête sans même daigner te mettre en joue. C'que t'as fait là est plus grave qu'une haute trahison. T'as envoyé ce pauvre crétin au casse-pipe.

— Junior, c'est pas de la chair à canon, renchérit Bliss outré. Il n'a ni le poids d'un héros ni l'envergure d'un martyr. C'est juste un bougre d'andouille, sans cervelle et sans ange gardien, stupide à crever, et il n'avait pas plus de chances de s'en tirer qu'un rat dans une fosse à serpents.

Ach est anéanti de chagrin et de remords.

Il va au tréfonds de lui-même puiser la force et le courage de dire, dans l'absurde espoir de sauver la face :

— C'était pas avec tes mains que tu m'accompagnais au tambourin, Junior, mais avec ta bouche.

Bliss, Négus, Mimosa, ceux de la jetée et ceux des falaises, tous les détritivores et tous les chiffonniers se retournent d'un bloc vers le Musicien, les yeux brasillant de haine.

Demain, lorsque Junior se réveillera, Ach sera parti. Sans un mot, sans un bruit. Il aura juste brisé son banjo contre le rocher avant de se hasarder dangereusement vers la ville. Plus rien ne sera comme avant. Bien sûr, il y aura constamment des nuées de volatiles au dépotoir, la mer redoublera ses sautes d'humeur, mais les mouettes seront moins inspirées en chevauchant les vagues et, lorsqu'à la marée basse beaucoup de choses se retirent, le rivage dépossédé ne fera rien pour les retenir... Ach parti, la plage sera comme mutilée.

Junior n'oubliera jamais ce borgne avec une grosse barbe et un banjo vieux comme le monde. Il gardera de lui le souvenir d'un type bien, d'un musicien sans âge et sans facéties qui s'appliquait à chanter la mer en languissant de la ville et dont la voix psalmodiante, de la falaise à la jetée, était perçue comme une absolution. Du marchepied qui lui servira de mirador, Junior observera inlassablement la ville. Il se rappellera les rues fourmillantes de gens étrangers à eux-mêmes, les maisons vertigineuses, les squares plus vastes qu'une patrie ; se souviendra de ces gaillards armés de fouets et de cruauté qui ramenaient les hommes à hauteur des paillassons pour leur marcher dessus et leur faire regretter d'être nés, et par-delà l'horizon, un peu comme une hallucination, un peu comme une obsession, il verra se silhouetter les carrures sombres et inclémentes d'un pays de caillasse et de massues qui n'a rien d'une ville et rien d'un terrain vague ; un pays pire que l'enfer, pire que la folie, et Junior ne songera jamais plus à refaire sa vie.

Cet ouvrage a été imprimé par

Mesnil-sur-l'Estrée

*pour le compte des Éditions Julliard
24, avenue Marceau, 75008 Paris
en décembre 2009*

*Composé par Nord Compo Multimédia
7, rue de Fives, 59650 Villeneuve-d'Ascq*

N° d'édition : 50149/01 – N° d'impression : 97599
Dépôt légal : décembre 2009
Imprimé en France